在路上

追求信仰的力量

■ 邱衍庆 著

北京时代华文书局

图书在版编目（CIP）数据

在路上，追求信仰的力量 / 邱衍庆著 . -- 北京 ：北京时代华文书局， 2017.5
ISBN 978-7-5699-1547-1

Ⅰ . ①在… Ⅱ . ①邱… Ⅲ . ①游记－作品集－中国－当代 Ⅳ . ① I267.4

中国版本图书馆 CIP 数据核字 (2017) 第 086265 号

在路上，追求信仰的力量

ZAI LUSHANG ZHUIQIU XINYANG DE LILIANG

著　　者 | 邱衍庆

出 版 人 | 王训海
选题策划 | 张　科
责任编辑 | 张　科
装帧设计 | 孙丽莉　王艾迪
责任印制 | 刘　银

出版发行 | 北京时代华文书局 http://www.bjsdsj.com.cn
北京市东城区安定门外大街 136 号皇城国际大厦 A 座 8 楼
邮编：100011　电话：010-64267955　64267677
印　　刷 | 小森印刷（北京）有限公司　010-80215073
（如发现印装质量问题，请与印刷厂联系调换）
开　　本 | 710mm×1000mm　1/16　印　　张 | 18　字　　数 | 314 千字
版　　次 | 2017 年 9 月第 1 版　印　　次 | 2017 年 9 月第 1 次印刷
书　　号 | ISBN 978-7-5699-1547-1
定　　价 | 49.00 元

写在前面

我的2015年秋天，竟过得如此有声有色，令人始料不及。

与以往的境外采访不同，这次是一场不同凡响的旅程。经过主办方中广德丰的悉心策划，终于敲定了活动行程：以“一路一带”万里行走进米兰世博会为平台，通过重走古代丝绸之路自驾穿越之旅，开拓经贸文化交流，深度探索沿途人文地理，行程16000多公里，预计历时一个半月，车队20余人驾驶8辆东南DX7越野车完成此次任务，境外旅程途经哈萨克斯坦、俄罗斯、格鲁吉亚、土耳其、希腊、意大利6个国家，最终到达米兰参加2015年世博会。

这些非我个人轻易去得成的地方，这次竟有幸受邀作为《中国科学探险》杂志的摄影记者前往。毫不夸张地说，这是我首次以参与自驾车队的形式，用时最长、行程最远、途经国家最多，由东向西横跨地球将近1/4的一次采访，虽然未必是前无古人后无来者的伟大壮举，但我深知，这是我对这个一知半解的世界的再次探索与认知，同时也会给我的人生经历带来一次非同寻常的体验。活动消息发出后，引来不少朋友的羡慕与向往，并提醒我注意安全，所有预想中的坎坷道路、疾风苦雨、风餐露宿等苦难在脑海闪现，可内心也俨然陡生一种将要投入战场准备牺牲的光荣勇士之豪气。回想起来，这些所谓的苦难虽然并未全部按着理所当然的样子如期而至，但迎接我的是另外一番起伏跌宕、精彩纷呈和别有滋味。

现在回想，当时队友们那坚韧不拔、喜怒哀乐的生动面孔依然历历在目，人情世故记忆犹新；沿途那些散发着悠久历史、文化艺术气息的场所，仍然光彩照人、历久弥新；穆斯林宣礼塔发出的天籁般响彻云霄的吟唱声依旧使人肃穆，圣母教堂高耸的钟楼发出的悠扬的钟声仿佛还在脑中回荡……

序言

昨日万里之苦，汇成一条绚丽的河

写在“‘一带一路’万里行第一季：走进米兰世博会”活动结束一周年之际

今天是2016年的国庆假期，窗外下着零星小雨，气温略感微凉。茶桌上刚沏的家乡的信阳毛尖正冒着缕缕热气，一芽一叶地绽放在水中。茶汤嫩绿明亮，品一口醇厚幽香。我慵懒地抱着电脑，选择一个最舒服的姿势窝在沙发里，思绪也随着那缕缕清香逐渐闪回……没错，这就是我期望已久的日子，有这么一个可以卸下一切的慵懒午后，我可以认真地给邱衍庆老师“史诗般”的游记写一个序。这个序不仅是写给邱老师的，也是我对自己组织“‘一带一路’万里行第一季：走进米兰世博会”活动的一个小结。没写，总是一种缺憾。一直杂务缠身，耽搁到现在，虽晚，却也美好吧。

刚巧又是金秋十月，记得我和邱老师的分离是在去年的10月19日。那天“‘一带一路’万里行走进米兰世博会·主题日”正在米兰世博会中国馆隆重举行，这是我们万里之行的最后一站，也是所有参与这个活动的成员都期盼的终点，米兰世博会以她最大的热情迎接了我们万里之行的勇士们。万科馆外墙大型的LED屏上显示着大大的欢迎词：“热烈欢迎‘一带一路’万里行的勇士们”，企业联合馆也为我们举行了简短但热情洋溢的欢迎仪式，更令人兴奋的是，中国国家馆当天专门隆重地举办了“‘一带一路’万里行走进米兰世博会·主题日暨成果总结大会”。

意大利前副总理、“一带一路”万里行意方总顾问弗朗西斯科·鲁泰利，中国贸促会副会长、米兰世博会中国馆政府总代表王锦珍，中国社会艺术协会主席、世界著名小提琴艺术家盛中国，德丰利达集团董事长兼总裁、“一带一路”万里行组委会主任李纪丰，“一带一路”项目建设合作跨国圆桌会组委会秘书长邢军，以及陪伴我们万里之行的东南汽车 DX7（伙伴们亲切地称它为“大侠 7”）的设计者——意大利著名设计公司宾夕法利纳，米兰华侨华人总商会，米兰浙江华侨华人联谊会，新华社，意大利电视台等嘉宾和协会代表、媒体以及我们万里之行的伙伴们，共计 300 余人见证了这历史性的时刻。

为了欢庆本次活动的成功举办，盛中国老师和他的夫人赖田裕子女士还现场为与会嘉宾带来了一场美妙绝伦的演出——“盛世中国梦”盛中国小提琴独奏音乐会。琴瑟合音，一首首经典名曲如高山流水般响彻中国馆，现场观众陶醉其中，多次掌声长鸣让盛老师无法谢幕。我回头看到此次活动的伙伴们饱含热泪，期盼已久的终点，却又是如此的不舍。我看到邱老师那张微闭着双眼带着万里风尘而略显沧桑的脸，还有挂在他脖子上陪伴着他一路走来，记载着一路美好的摄影机。这一幕像一张板画一样定格在我的脑海里，清晰得仿如昨日。

次日，我便陪同李纪丰董事长飞抵希腊，为我们德丰利达集团在美丽的爱琴海寻找梦中的家园……待我再次见到邱老师，已是 2016 年的 6 月份，我正紧张地筹备“‘一带一路’万里行第二季·海丝文化东盟万里行”方案的可行性研究，同事走进办公室告诉我邱衍庆老师来了，我站起来快步走上前去，就像迎接久别重逢的老友，激动而热烈！

邱衍庆老师曾是《中国科学探险》杂志社的美术总监、国内知名摄影师，他这次给我带来两大好消息：一是已经有 13 年创刊史，在业界拥有巨大影响力的《中国科学探险》因为体制改革，我们有缘可以收购；二是他撰写的作品有出版商愿意出版，希望我给写个序。说实话，这第二个消息比第一个消息更让我激动，因为这无疑是给我们“一带一路”万里行最好的礼物。

记得去年在霍尔果斯出关的动员大会上，我给伙伴们提了三个要求。其中一点，是我给每位队员发了一个厚厚的笔记本，希望大家将行程中的点点滴滴记录下来，包括所见所闻和身心感受，这一切的符号记载都将是我们伟大行程的见证和记忆的财富。

不过，活动结束后，当我问起大家的笔记时，队友们告诉我，每天见缝插针地完成各自的任务，更多的任务是在赶路，当带着满身的疲倦到达下榻地后，只有一个念头就是睡觉。关于游记，大都忘到九霄云外了。当然，我除了惋惜，更多的是理解。虽然我不能随队友们共同行走，但我知道他们行进过程中的一切艰难险阻，我知道大家为了赶时间，错过了太多创作的机会，当眼前心旷神怡的大好河川和震撼心灵的人文景观在行驶的车窗前掠过时，那来不及按下的快门是他们一生的遗憾……

作为此次活动组委会的执行主任，我最大的遗憾就是没能跟随车队共同行走，我多么希望和队友们一起用车轮和脚步丈量丝绸之路，去探索这条记载着人类文明、智慧、勇敢、繁华和友谊的神奇之路，去见证古今丝绸之路的历史变迁……然而，面对更大的责任，我不得不选择放弃。因为我和我的团队不仅要保障车队的安全行进，还要保证各项文化、经贸活动的顺利举行，我们除了车队组，还有策划组、媒体组、活动组、商务组……我们要协调我国外交部、文化部及相关行业协会，我们需要与所经各国的政府部门及行业协会、华人商会做好对接，我们需要组织政府官员、企业家、艺术家、世界各地的媒体参与其中，我们还需要对各位赞助商负责，为他们对接最有效的资源和信息，以及对各国的投资项目进行分析研讨，让每一个经贸投资项目实实在在地落地……

虽然我们拍摄了纪录片，但我一直挂念着临行前发给队友们的那个笔记本，因为我不能完全感知这一路上的所有经历，一定还有很多精彩的故事是我未知的，这始终是我的遗憾。所以当邱老师告诉我他要出版这本书，并邀请我写序时，我是激动而郑重的，我知道这本书一定是我们“一带一路”万里行最宝贵的财富。

邱老师情感细腻、为人谦和，这一路上我没有听到他有任何抱怨、提过任何要求，但他却在兢兢业业地创作。他记录下的每一段文字、每一张精美的画面必将为我们展开一个不一样的丝绸之路，打开一个未知的世界。

郑和下西洋，写下了《航海日记》；马可·波罗启程东方，写下了震惊世界的《马可·波罗游记》，历史总是惊人地巧合，在新时代背景下，在习近平主席提出共建“丝绸之路经济带”和“21 世纪海上丝绸之路”的重大倡议构想下，丝绸之路正在焕发新的生机。我们带着新的使命启程，邱老师这本万里游记必将见证一个伟大的时代，记录一段崭新的历程，让古丝绸之路和今天的“一带一路”一脉相承。

而“一带一路”万里行也不会停下我们逐梦的脚步，第一季走进米兰世博会活动历时139天，行程逾16000公里，历经哈萨克斯坦、俄罗斯等7个丝路国家，沿途举办了18场不同主题的文化经贸活动，带领上百名企业家、艺术家走出去，促成三十多项重大项目合作……这只是个开始，这一切数据和成绩即将被刷新，“‘一带一路’万里行第二季·海丝文化东盟万里行”即将踏上新征程，“‘一带一路’中东万里行”也正在筹划中，我坚信，“一带一路”万里行的每一站，都是奇迹！

“一带一路”万里行活动组委会执行主任　符建

2016年10月6日

目录

1 中国
China

新疆·落地乌鲁木齐

北京飞往新疆乌鲁木齐的航程是2624公里，从灰色雾霾覆盖的中原大地到白雪皑皑的天山山脉，坐在我后排的摄影师老孙轻轻的快门儿声不断地提醒我，窗外的风景有些变化了。

纵横交错的河流、漫无边际的沙漠、逶迤连绵的山脉……

广袤荒凉的大地上，人类渺小得根本看不见行踪。闭目冥想，张骞出使西域、玄奘西天取经、马可·波罗万里来朝……历史上各个时代驼队的影子前仆后继、纷至沓来，那一代代以生命为代价的伟大的历险者们，是怎样心怀各种坚定的信念，在这样漫无边际的丝路上蠕蠕前行？此刻，恰逢一曲《漫漫西行》在耳畔响起：

死寂般的天地间，
驼铃声叮咚不停，
骡马偶尔发出嘶鸣，
皎洁清澈的月色，
胡琴哀婉弄弦声，
游子思念归乡情。
……

"哦，这么快就到了？"在恍惚迷离的状态下，时间过得最快。我惊奇地发现，音乐伴随着我仅用了4个多小时便安然舒适、轻而易举地跨越了古代丝路上人们历时数月，甚至数年才能走完的艰苦路程。倘若时空退回到数百年前，这无疑就是一个神话。

与我初次相识并将与我一路并肩同行的孙晓岭是《新旅行》杂志的特派摄影记者，他给人的第一印象是热情直爽，快人快语，行动起来雷厉风行，圆圆的面庞颇有让我一见如故之感。老孙年龄与我相仿，持加拿大护照，身为职业摄影师经常奔波于世界各个角落，人到中年，见多识广。在乌鲁木齐等待转机的无聊空闲里，他给我讲起曾多次遭遇国际航班延误，最后有惊无险、化险为夷的旅行经历。老孙讲得绘声绘色，令人捧腹。

然而，故事刚讲完，出人意料的糗事又降临在老孙头上了。

我俩在伊宁机场的行李提取处等待着自己的行李出现，可直到传送带停止运转，行李闸口“咔嚓”一声关闭了，老孙托运的行李仍不见踪影，我俩面面相觑，慌了手脚。老孙行色匆匆，东奔西忙地四处问询，机场人员回复，老孙的行李既没有随机到达乌鲁木齐更没有来到伊宁。最后留下联系方式，回去等待国航的查询结果。

然而，还没等我来安慰他，老孙便很快冷静下来，他说托运的行李中除了洗漱用具和应季的衣裤外，就是些普通的充电器具，别无他物。这已经让他感到百般幸运了，因为最重要的摄影器械早已佩挂全身，这才使得老孙底气十足地跨出了机场大门。

取道伊宁 · 异域风情

此次活动的各路成员将在几天内分别在中哈边境霍尔果斯口岸会合。

伊宁距霍尔果斯尚有 50 公里，是伊犁哈萨克自治州的首府，也是我们出境前的中转站。这里居住着我们经常提及的少数民族，居民以哈萨克族和维吾尔族为主，这两种少数民族的人口数量相当，其余的按人口数量依次有汉族、回族、蒙古族等 47 个民族。相比之下，汉族尚不到总人口数的一半。

初来这个遥远的西部边陲，即刻感到一种异域风情。这里的秋天气候宜人，上苍大方地将如洗涤过的蓝天赐予了这里的人们。道路两旁的白杨树参天繁茂，空气里弥漫着淡淡的清新味道，不远的地方有全国最大的薰衣草基地，此时也正是薰衣草盛开的时节。集市上的商品琳琅满目，瓜果飘香，妇女们着装艳丽，弯弯的黛眉一直连到眉心，头巾包裹下的那高高向后耸立的发髻，总能引发我的好奇。与日常的经验相比，此地人们的相貌与国内其他城市的居民截然不同，让人实实在在地觉得这里已经是不折不扣的新疆了。走在街巷之间，往往引来注意的目光，偶尔一些头上扣着小帽的老人会和你打招呼，以同样好奇的目光问我们从哪里来，然后目送我们远去。我们自然而然地成了这里的“少数民族”。

由于摄影师的职业习惯，我对如何从外观上把哈萨克族人和维吾尔族人分辨出来产生了兴趣，于是请教身边的导游。自称是业余的年轻导游是受旺季里忙碌的专业导游之托应急上岗的，她竟搬出了导游解说词：他们都信仰伊斯兰

中国新疆伊宁·准备接新娘的花车

教，最大的区别在于哈萨克族历史上是游牧民族，而维吾尔族则以农耕为主（这个当然不能追上前去拍拍留胡子的大叔后背问：“嗨！你爷爷的爷爷是牧羊还是种地？”）；语言上，哈萨克语跟维语很相似，能相互理解，可说起话来却有困难，不过仍能听懂。两种语言的文字也有差异（无论大叔归属牧羊还是种地，他们说的我一概不知，更甭提文字了）；性格上，哈萨克族人相比维吾尔族人更温柔含蓄、不拘小节、不患得患失，这也是游牧民族共有的特点；社交上，维吾尔人聪明开朗、积极主动、精打细算（导游说到这里，我联想起那位聪明机智的维吾尔人代表——阿凡提大叔了）；哈萨克族人和维吾尔族人在饮食上也大体相同，这一点我感同身受，接下来包括进入哈萨克斯坦好长一段的日子里，餐桌上再也没有离开过馕和羊肉。

街边一辆以玫瑰装点的漂亮婚车转移了我的注意力。一对喜气洋洋的哈萨克族老两口正在为明天儿子迎娶新娘做准备，一场哈萨克传统婚礼即将举行。听大妈说，接下来将是亲友们通宵几天的喜庆联欢。很遗憾，我们重任在身，无缘与他们一起载歌载舞了。

174年前，伊犁这片土地也曾是林则徐戴罪三年“西域遍行三万里”的地方。

伊宁林则徐纪念馆内陈列着一驾马车，这辆饱经沧桑的马车再现了林则徐当年到达伊犁的情景。在林则徐由西安到伊犁的日记《荷戈纪程》中也能找到确切记载：1842年8月11日从西安出发。“此次在凉州雇大车七辆，直至乌鲁木齐，计程四十八站，每辆价银五十六两。”在乌鲁木齐11月18日的记载：“雇定赴伊犁车辆，当晚将行李装齐，共大车五辆，飞车一辆，轿车二辆。”飞车，即两侧有栏板的载重大车，由此可知，随林则徐行走的前后大概有8辆车马。

通过《荷戈纪程》中的描述，可以很形象直接地感受到林则徐赴疆路途的艰辛与悲凉。“山气侵入，寒如冬令”“沿途杳无人烟”“夜宿车中，此后大抵皆以乘舆为卧榻矣”“停车在山峡中，雪积五六寸，四面全不辨路径，姑就卡房燃薪做饭而食”“狂风大作，几欲吹飞人马，雪又缤纷，扑入车内，欲停车则山巅非驻足之所，欲下岭则陡坡有覆辙之虞，不得已舍车而徒步，与两儿牵裾联袂而下”……戴罪西戍的林则徐一行人，直到12月10日抵达惠远城（今霍尔果斯口岸以东30公里的霍城县），终于走完悲凉艰难的漫漫旅途。

从1841年7月14日离开浙江镇海军营赴戍，林则徐流放伊犁途中历时一年五个月的时间，经过多少曲折磨难。仅从西安到伊犁，就乘坐这样的马车走了四个月零三天。为中华民族做出伟大贡献的一代英雄林则徐，却遭受了如此磨难。蛮横冷酷的打击，病魔严寒的侵袭，没能使林则徐倒下。他身在冰天雪地，精神却在凌空翱翔。在他身上显示的坚韧不拔的英雄气概，不正是给我们行将开启的“一带一路”万里行活动带来了崇高的精神力量和鼓舞嘛！

这该是伊宁林则徐纪念馆里的旧马车所要启发我们的吧！

霍尔果斯口岸 · 国际贸易中心

由于西部边陲地区人烟稀少，公路显得异常宽阔，视线开朗，车子可以开得飞快。粗略望去，这里的城市设施与其他城市无异。霍尔果斯口岸作为一个陆路口岸，以蜿蜒的霍尔果斯河为界，与对面的哈萨克斯坦隔河相望。早在隋唐时期，霍尔果斯就是丝绸之路北道的一个重要驿站，堪称历史久远。清代初，这里是我国境内的驻防之地。同治年间，中俄划界，这里又是边境哨卡，旧称尼堪卡。《新疆图志》中记载：“尼堪卡伦，在河之东岸，驻稽查委员一，镇守哨弁一。西岸属俄，有俄卡。”历史上的伊犁，是传统的自由贸易区，中亚民族主要是通过民间贸易的形式与中国相互交往。

2004年9月，我国与哈萨克斯坦国在中哈边境霍尔果斯口岸共同建设了5.28平方公里、全世界唯一一个跨国界、由两个国家的国土构成的边境合作中心——国际贸易中心。该中心的中方一侧外观宏伟，霍尔果斯口岸商检大楼形同机场航站楼，办公大厅里熙熙攘攘，每天到这里来的客流量达上万人，高峰期可达到四五万人，十几个证件办理窗口应接不暇。由于每日出入的商户众多，我们花了一些时间经排队、安检、办理完出入境通行证，终于得以入关。

霍尔果斯口岸国际商贸中心颇具规模，中哈双方及货物、车辆在区域内可以跨境自由流动，入关免签证合法停留30天，从中方一侧进入每人每天可携带3万元人民币免税商品，哈方一侧进入可以携带1万欧元免税商品。自从国家批准这里为陆路整车进口口岸，欧洲原产地车运输距离成本骤降。

中国新疆霍尔果斯·中国与哈萨克斯坦的红蓝色边界线

在园区里常能看到三两成群相貌独特的商人，守着大包小包花两三块钱等在路边，招呼着过往车辆。他们通过合作中心，将来自内地的五金机电、食品、服装、鞋帽等商品源源不断地出口中亚、西亚市场，同时将来自中亚、俄罗斯以及南亚的诸如俄罗斯的套娃、望远镜、伏特加酒，以及各种烟草带进国内。在园区若有时间和兴致细细浏览，可以看到以斯大林为商标的格鲁吉亚红酒、锡兰的红茶、瑞士军刀、土耳其地毯、巴基斯坦锡制工艺品，还有产自中亚各国的巧克力、饼干等加工食品。商品五花八门，琳琅满目，应有尽有，不一而足，价格还颇令人心动。花百元钱即可买到质量尚可、品牌不详、产自南方的登山外套。同行队友只花了20元便买到一只应急用的手机充电器，一直支撑着她的手机走完全程。

古丝路商贸往来、互通有无的繁荣景象，互惠互利的精神，在今天的霍尔果斯口岸可以说是发扬光大了。

跃跃欲试 · 驶出国门

霍尔果斯市府的会议大厅后排站满了与会的各路记者，因为车队从霍尔果斯出关的新闻发布暨队员见面会将在此举行。队员们大多初次见面，因为同样的信念、共同的机缘把大家汇聚到一起。在领导们的鼓励与鞭策、关怀与祝福、希望与嘱托下，英雄般的光环早早地降临到队员的头上，光环之下，每人担负的责任更显得沉甸甸的。大家豪情壮志，志在千里。时至今日，“一带一路”万里行境外征程才真正拉开了帷幕。

会上任命了三位身手不凡、各怀绝技的队长相互配合，二十余位队友依次做自我介绍，每个队友身负不同任务。需要特别提到的是除此之外，还有另一支重要队伍，由编导张目、摄像李国鹏等四位成员组成的中央新影集团摄制组跟踪拍摄，之后会制作成大型人文纪录片《世纪丝路》。

会议即将结束前，队友们纷纷郑重地签下了“战书”。

8辆崭新的闪耀着银色光芒的东南DX7越野车，以整齐的队列排在霍尔果斯海关口岸。这是东南汽车精心为勇士们打造的“铁骑”。8辆车分别以①号至⑧号的顺序命名。为方便拍摄和出于安全考虑，我有幸作为摄影师被项目组特意安排在①号领头车与驾驶技术非凡的队长、声名在外的“车神”曾凡人为伍，霎时间，安全感伴随着自豪感与责任感骤然升起，暗下决心必以最好的成绩予以相报。

最后时刻，领队曾凡人无不深情地走到车队旁，郑重其事地给每一辆车子插上了中国国旗，他豪迈地提醒队员：“咱们走出国门，每位队员的一举一动、一言一行都代表着民族，代表着国家，因此，大家一定要把中国人崭新的精神风貌展现在世人面前。”

队员们穿上了曾队长为大家提前准备、精心挑选的印有“一带一路万里行”字样的黄色队服，顷刻间，队员们精神倍增，各个英姿飒爽，好似临战的战马。

通向霍尔果斯海关的道路彩旗飘飘热闹非凡，欢送的人群列队两旁，美丽的姑娘载歌载舞，跳起了欢快的哈萨克民族舞蹈。队长曾凡人接过迎风招展的队旗，以响亮而浓重的湖北口音下达指令：“区（出）发！”

公元2015年9月19日上午10时，车队依次缓缓驶向中哈关卡，走出国门。

2 哈萨克斯坦
Kazakhstan

初步遭遇 · 全程最漫长的出关手续

真正的中哈边境陆路海关与想象的截然不同，这也是我首次通过陆路迈出国门，过程远非从中国海关一侧出示证件、验明身份、盖章、跨过无形的边境线再踏入哈萨克斯坦一侧，再次出示证件、验明身份、盖章这么简单，现实情况远比想象中的复杂。

令我难以置信的是，从车队进入哈方一侧到驶出哈国海关安稳地踏上哈国的道路，中间足足等待了 7 个多小时。用时之冗长，或许只有哈国才有这样的特例，与之后的各国跨境过程相比，充分反衬出初次进入这个国家的独特之处。

出中国关卡相当顺利，隐约感到霍尔果斯口岸对车队的关照，队伍分别从乘员通道和车辆通道出关，手续快捷一路畅通，顺水推舟般地将队伍送出了国门。

而中哈之间由铁丝网相隔一块跨度很长据称是缓冲区的空旷地带，车子通过需 5 分钟，有三四公里，然后看见前方一片朴素的建筑设施，队伍到达哈萨克斯坦海关。①号头车停在了距离路中横着的一条红白相间的阻拦杆前 5 米的地方，高处装有摄像头，播音喇叭传来命令："把车向前再开 1 米。"曾队长接过翻译传来的命令，狠狠一脚油门踩下去，车子竟然熄了火。车子再次启动向前一步，这时前方的摄影灯闪了一下，接着，一个年轻且神情严肃、身穿迷彩服的边防军警走过来，示意放下车窗。军警向车里望了望，我手里捏着随时要启用的护照，提醒自己还是谨言慎行，不随便拍照为妙。

环顾哈萨克斯坦海关建筑，门窗、穹顶看上去总有一些描述不清的东西，风格肯定算不上现代，甚至依稀透露出一股陈旧感，也许是一种异域氛围吧，那种绿色或粉绿色调的八角形与四角形繁复的几何装饰图案和办理窗口四周分不清是俄文还是哈萨克斯坦文的文字，暗示我们已经进入了一个曾经的苏联或者现实版的伊斯兰国家，时间把拼成对角线格子的破损大理石地面最坚硬的部分留了下来，发着地板蜡的微光。

我们这二十来人都穿着黄色队服排成一队，在海关入境大厅内规规矩矩，十分抢眼。

依旧是出示护照，按照指示看向头顶的照相机镜头。办事窗口的海关职员不紧不慢地低头看护照再抬眼对照我的面孔，按部就班，神情漠然。当听到里面“哐”的一声盖了入境章，我心里的石头也随之落地，将随身行李过了安检，走通道，迈大步，出大厅，仰天深深吸一口新鲜空气，一屁股坐在出口的长椅上。我的入关如此顺利也许跟我丰富的出入境护照签证页上的信息有关，然而车队这时却遇到了阻力。

已经踏入哈萨克斯坦国境的部分队员闲坐在路边，用猎奇的双眼观察这个新奇的世界：一拨拨扛大包的男人女人从眼前走过，他们的孩子紧跟其后。一辆灰绿色的俄式吉普车开着车门停在不远处，两名警察跷着腿在里面吸烟，他们戴的俄式巨大大檐帽格外引人注目。我上前搭讪，拍拍吉普车竖起大拇指，警察紧绷的脸上泛起了笑容。这时，一阵淅沥沥的太阳雨从空中飘落……

几个小时过去了，我们驾驶的 8 辆车的入关手续还未办完，人虽然过来了，可车却被卡在关口。原来麻烦来自车上搭载的货物——汽车配件。

车队为了保障车辆能够一路行驶安全，在每辆车上都装载了常用零部件，以备不时之需，然而这些东西在哈方海关眼里成了潜在的非法进出口贸易的嫌

由铁丝网隔开的哈萨克斯坦与中国边界缓冲地带 · **哈萨克斯坦**

疑对象。由于哈方海关不紧不慢的办事作风，再加上交流不畅，车队负责人一面苦口婆心地耐心解释给对方听，一面联络哈方的活动接洽部门出面调解，队长龚正和小吕几乎使出关羽“过五关斩六将”的本领了。然而长时间的等待，队员们已经有些不耐烦了，这是车队离境出战第一个回合遇到的始料不及的麻烦。

就在大家束手无策、焦躁不安的时候，忽然见队长曾凡人急中生智，快速打开①号车后备厢，急急忙忙地从满满的行李里扯出几件 T 恤衫和几顶遮阳帽，满面春风地奔向海关职员……

不知是不是老曾这招发挥了作用，没过多久，我们便开着 8 辆车缓缓驶入了哈国。后来得知，那些汽车配件是通过分发给将要入关的一些哈国公民当作普通行李带过关口的。至于如何说服这些素不相识的哈国公民帮忙的，这应该不会超出你的想象。无论如何，出境第一关终于依靠咱中国人特有的聪明与智慧以这样变通的方式通过了，全体队员松了一口气。“全体上车，整装出发！”老曾发出命令。

这时已经是当地时间傍晚 6 点多钟，距离目的地哈萨克斯坦东部最大的城

哈萨克斯坦·车队在荒无人烟的草原上休息 20 分钟

市阿拉木图尚有 325 公里。从霍尔果斯到阿拉木图原是一片辽阔无垠的不毛之地，由于近年不断增多的中哈贸易往来，原来连接中哈的旧道路正在重新修整，一些路段道路坑坑洼洼，队伍在夜幕下一路颠簸、尘土飞扬，车子以四五十公里的时速到达阿拉木图酒店时，已是深夜两点了。

浅尝辄止 · 阿拉木图的早晨

阿拉木图是哈萨克斯坦前首都，由于地处哈萨克斯坦东南部，离东南边境太近，又处于地震活跃地带，出于战略安全和自然环境角度的考虑，哈萨克斯坦议会根据总统提议，于 1994 年 7 月 6 日通过决定，迁都至地处哈萨克斯坦中北部的阿斯塔纳。虽然现在已经迁都，但阿拉木图依然是哈萨克斯坦第一大城市。

摄影师本是个追逐日光的职业，所以我必须尽快克服昨日的辛劳，第二天一早，我和老孙仍然起得很早。晨曦下的窗外，远处海拔 3000 米的雪山蒙着薄薄的暮霭，电视发射塔伫立在丛山之巅。此时，队员们和这个城市仍在睡梦之中。

老孙在出发前做了不少功课，通过查阅资料，将我们此次途经的城市、该去的地方都烂熟于心。我俩背上相机，连早饭也没吃，打开导航系统悄声敏捷地离开了酒店，直奔位于市中心的潘菲洛夫公园。我们看到街道两旁的建筑仍然保留着苏联时期的风格，六层高的板式公共住宅窗户有些还亮着灯。初秋的道路上零星铺撒着金黄的落叶，街上只有我俩的脚步声沙沙作响。

晨曦中的潘菲洛夫公园林木茂盛，高大的树木遮天蔽日，景色有些庄严肃穆，似乎在讲述着公园丰厚的历史故事。

公园于 1870 年建立，占地约 18 公顷。1975 年，为纪念伟大的卫国战争胜利三十周年，缅怀在莫斯科保卫战中击退德国法西斯坦克的进攻中英勇作战的苏军 316 潘菲洛夫近卫步兵师 1075 团的 28 位勇士（其中 10 名为阿拉木图人）而修建了荣耀纪念碑雕塑广场。漆黑的青铜雕像高大雄伟，英雄们前仆后继奋勇向前，显示出了排山倒海般的气概。雕塑基座上刻有一句当时坚守阵地的战士的名言："俄罗斯虽然土地辽阔，但是我们已无退路，我们身后就是莫斯科！"仰望雕像，时间仿佛在此刻凝固。

广场中心为祭奠英雄还设置了一处长明火炬，那一束悠悠燃烧的火苗，仿

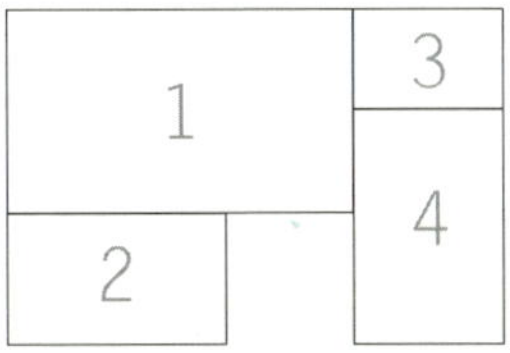

1. 升天大教堂内虔诚的祈祷者
2. 潘菲洛夫纪念碑广场的火炬
3. 清晨，升天大教堂外部景观
4. 广场上卖旅游商品的老妇人

· 哈萨克斯坦阿拉木图

佛战士们的英灵在翩翩起舞。一束鲜花安静地躺在一旁，花束上挂满了清晨的露珠，不远处，晃动着一位老妇人从此离去的背影。

这是阿拉木图人假日休闲的主要场所，也是新婚夫妇结婚时必来的地方。他们到这里缅怀先烈，接受爱国主义教育，珍惜即将开始的新生活成了年轻人的传统。由此可见，经过那场战争洗礼过的国度和民族，人们更珍爱和平，感念为和平牺牲的先烈们的情怀是多么真切。据悉，公园里还有包括中国在内的各国国家领导人栽培的冷杉。

沿着绿林道路继续向前，一处矗立在园区的东正教教堂令人眼前豁然开朗。教堂周围的老人正在喂脚下的一群鸽子，鸽子们不时地被一阵惊扰“噗”的一声哄然飞向天空。

这座教堂又名升天大教堂，于 1903 年 9 月奠基。1911 年，阿拉木图发生了一场大地震，唯一幸免于难的建筑物便是这座教堂。整座教堂的建筑主体由木质结构组成，没有使用一根钉子，是阿拉木图最为重要的文化遗产之一，它堪比莫斯科红场的圣瓦西里教堂，同时也是世界上第二高的木结构教堂。苏联时期曾经用作博物馆，其钟楼也被当作广播发射塔使用。教堂于 1993 年被列入阿拉木图历史建筑纪念保护区，1995 年 5 月，教堂归还俄罗斯东正教会，2004 年获联合国教科文组织亚太区文物古迹保护杰出项目奖。

我们来得虽早，但教堂内已经挤满了做礼拜的人。我蹑手蹑脚地走进去，教堂四周墙壁上的壁龛里布满了大大小小、金碧辉煌的圣像，空旷的教堂里只有神父低沉而洪亮的布道声在空中回荡，让人感到无比亲切和放松。这里的人以俄罗斯族的老人和妇女居多。妇女们头戴围巾或帽子。看着那些烛光掩映下仰望着圣像时虔诚敬畏的眼神和面孔，忽而使我联想起俄国油画家列宾笔下的人物，既真实又生动，令人恍若回到了俄罗斯 18 世纪的城堡中。这是我们进入哈萨克斯坦以来见过的俄罗斯族人聚集最多的地方。

据 2014 年 8 月的统计，哈萨克斯坦由 130 多个民族组成，人口有 1695 万，其中人口最多的两个民族哈萨克族占 66%，俄罗斯族占 21%。哈萨克斯坦的主体民族虽然信奉伊斯兰教，但以俄罗斯族人为主的东正教也和伊斯兰教一样，是哈萨克斯坦的两大宗教之一。多年来，各民族在哈萨克斯坦大地上繁衍生息，他们在这里和谐共生，各自为人类的信仰守护着自己的精神家园。

忽然一阵唱诗的歌声响起，教堂内的气氛更加肃穆安详，我虽身挎相机却努力压抑着拍摄的冲动，最终还是没好意思更多地打扰他们。

我们回到酒店已经快晌午了，得到的消息是：吃过午饭后，车队在阿拉木市区某处标志物前拉横幅拍照合影，然后马上离开这里，向下一个目的地——巴尔喀什进军。由于昨天路途较长道路坎坷，到达酒店又是后半夜了，多数队员刚从疲劳中恢复过来，尚未走出酒店领略这个美丽的城市就又要出发，大家内心无不充满遗憾。车队要赶时间，这也是队伍出发以来第一个无奈的决定。

天野苍茫 · 穿越巴尔喀什湖

耀眼的太阳高高地悬在上空，地平线下是白花花的黄土和无尽头的黑色道路，地平线上是永远不变的蓝天，景色好像从来就没有移动过。车队高速行驶在一望无际的荒原上，8 辆车像蜈蚣般似乎永远爬不到天际。

偶然间，我们发现一处山坡顶端或者隘口之上，总是站立着一只振翅欲飞俯视着下方的苍鹰，我们快速举起相机以为抓到了拍摄良机，然而这苍鹰却张着翅膀并不见其飞翔。当车子行近一些时方知，这鹰原来是一尊永远岿然不动的水泥筑就的雕像，这情景先是令人目瞪口呆，好像被什么东西戏弄了一番似

巴尔喀什湖突然降临在车队面前，给我们带来别样的景色 · **哈萨克斯坦巴尔喀什**

的，继而大家为此开怀大笑。单调的行程被单调的事情打破，还需具备一种幽默感才好，时间也能变得好过一些。

在哈萨克民族传说里，鹰是唯一能直视太阳而不被灼伤的神鸟，他们相信，不论捕食或飞行，鹰永远是蓝天中的终极杀手。这些雕像也似乎暗示或强调着，鹰原本是哈萨克这个强悍的草原民族崇拜的吉祥之鸟、图腾之物，地位就像矗立在山崖上的这只水泥雕塑一般，至高无上。

“②号车！②号车！你的左侧有人超车，请注意避让！”道路行驶中，车台里不时响起队长龚正不厌其烦的提醒：“前方道路有一个大坑，请后车注意！”“④号车跟上，保持队形！”“各位副驾驶，请报告自己车的油耗。”然而，听到最多的还是队长曾凡人永远挂在嘴边的口令：“请大家巨逆喃全（注

意安全），请大家一定巨逆喃全！”这个口令在此后的路途中几乎成了曾队的口头禅，也成了队员们揶揄老曾的把柄，暗自称曾凡人为“真烦人”。

一天下来，队友们吃的是随身携带的便携食物，男女分开在道路两侧方便，十几位男士踏破荆棘走向草原深处撒尿，仰天发出压抑已久的嚎叫，相互构成了一幅难得的奇特风景。

加油站则是这荒原上唯一可见的建筑，好像在说给远道而来的人们知道，什么叫荒凉。

当太阳西斜的时候，车台响起当地向导丁丁的解说：“前面不远就要到达巴尔喀什湖，它是位于哈萨克斯坦东部的一个内流湖，在世界众多的湖泊中，它因湖水一半是咸的，一半是淡的而独具特色。巴尔喀什湖是一条东西长南北窄的狭长湖泊。东西长605公里，湖泊腰部有一个半岛，半岛以北最窄的湖峡部分宽3.5公里，把湖面分成了东西两部分。西部因有来源于中国天山山脉的伊犁河等河水注入，提供了该湖80％的入水量，湖水淡而清；而东半部狭窄且深，气候极度干燥，蒸发旺盛，因此盐度较高，形成了西淡东咸的一湖两水的奇特现象。”

“随着中亚地区和中国地区的用水量日增，包括咸海和巴尔喀什湖都受到‘灭湖’的严重威胁。巴尔喀什湖还受到了哈萨克斯坦工业的严重污染，沿岸企业的污水排放严重地污染了水域。湖的北岸为著名的铜矿带，这里有巴尔喀什重要的炼铜中心，目前流入湖水中的铜含量已经超过正常标准的数十倍。该湖每年的捕捞量也大大超过了生态警戒线，渔业资源正在遭到前所未有的严重破坏，如此下去，巴尔喀什湖将面临枯竭。所以，哈萨克斯坦政府对此非常重视，每当哈政府与中国谈判时，总是首先提出哈国的水源供应保障问题。经两国科学研究预测，如果中国竭尽了上游水源，20年后，哈萨克斯坦70％的土地将因此变为沙漠。”

这话听上去虽然耸人听闻，但理智地思考一下不难得出结论：地球是一个十分脆弱的生态系统，保障这个系统良性循环的责任是不分国界、不分民族的，这个人类赖以生存的环境应由所有人共同来维护。

“在19世纪中期之前，巴尔喀什湖隶属中国，古称夷播海，巴尔喀什湖以西为其边界，但在1864年清朝被迫与沙俄签订不平等条约《中俄勘分西北界约记》后被强占。沙俄将中国西境的3个大湖——巴尔喀什湖、斋桑泊和伊塞克湖，连同周围广大地区，共达44万多平方公里的领土占为己有，巴尔喀什湖以东大面积国土从此丧失。”

跨越天苍苍野茫茫无尽的荒原 · **哈萨克斯坦库斯塔奈**

行驶在这片150年前还属于中国的疆土上，不免使人心生惆怅。向导说完，车台里持续了好一阵沉默……

地平线上终于出现了一条深蓝的色带，在夕阳的映照下波光粼粼，闪闪发光，车队终于开到了巴尔喀什湖面前。经过一天的行驶，除了下车撒尿，几乎没有任何停留拍照的机会。在摄影师们的强烈要求下，一心只管安全赶路的曾队长不得不停下来。“给你们20分钟时间，活动、休息、拍照、撒尿！”这是车队第一次为拍照而停车，我和摄像师廖世伟第一次站在制高点上分别支好三脚架，俯拍蓝色湖边迎着夕阳的金色光辉扬起一路狼烟的队伍。

暗埋隐患 · 临时经停卡拉干达

从电子地图上看，昨夜入驻的酒店离巴尔喀什湖应该不远。

凌晨，外面阴沉的天空淅沥沥地下着小雨，我本想走出酒店到湖边看看，可走到酒店院子一推铁门，铁门被链条锁着，四下里原本静悄悄的，这时却突然引来一阵阵的狗叫，只好打消出去的念头。当我转身回来的时候，发现酒店四周砖砌的围墙上画着长长的一溜壁画：崎岖蜿蜒的道路上，一队骆驼正行走在遥无边际的蓝天沙漠之间，斑斑驳驳的墙壁正好表现出蹉跎岁月中驼队如饥似渴的状态，不知是一种巧合还是上苍给我们的某种暗示，这壁画不正吻合了我们这次活动所体现的艰苦奋进、开拓未来、探索未知、发现世界的精神嘛！只要把面前这堵墙壁平铺直叙、不加修饰地拍下来，就是一幅主题突出、寓意深刻的摄影作品。机会总是眷顾善于发现的眼睛。

这幅略显粗糙的壁画在某种意义上使我产生了强烈的共鸣，它让我联想起古代丝绸之路，也让我想起了我们这次驾车西行宣传“一带一路”、开展文化商贸交流、走进“米兰世博会”的历史使命。在之后的哈萨克斯坦境内的荒原长途跋涉时，这幅壁画启发了我拍摄组照“地平线”这一主题。

到现在为止，行程已经进入第四天。

队员们虽然早出晚归，车队日夜兼程，可对照路线图，我们的进程连横跨哈萨克斯坦1/6的里程都不到。队伍按计划既不能停下，出于路况及安全考虑车子又不能开快，所以效率极其低下。车手们既得不到很好的休息，也没有看到自己想看的东西，感觉自己几乎成了汽车越野拉力赛的赛车手了。还有一些队员为至今还未拿到意大利签证担心，摄影师们也因没有多少停车拍照的机会而焦急。从昨天半夜的晚餐直到今天早上的早餐，队友们闷闷不乐，队伍里已经潜伏着一丝烦躁不安的气氛，这给三位队长带来了不小的压力。

计划中下一站是哈萨克斯坦首都阿斯塔纳，里程约713公里，预计行程13小时。中哈双方已经在那里安排了车队进城仪式、新闻发布、经贸洽谈圆桌会议等多项活动，是这次活动途径的重要节点城市。但是此时已近中午，白天赶到首都已不可能，于是队长们临时决定：经停卡拉干达，以保证队员休息、恢复体力为要。三位队长自身既负责驾驶，又有领导责任在肩，无论精神还是体力，也是疲劳得很。

巴尔喀什湖，我尚没看清你的模样，就又要出发了！

被一夜细雨清洗过的天空格外透彻，大块洁白的云朵浮在蓝天上，金色光芒透过云隙，一道道地投向大地，车队在忽明忽暗的光影间穿梭。队伍开出巴尔喀什约30公里后，一个巨大的露天铜矿矿山横亘在荒原，山脚下的载重卡车如同一只蚂蚁般在移动。向导告诉我们，千万别小看了这荒芜的不毛之地，它底下蕴藏着你想象不到的丰富的矿物资源，这里已探明的矿产储量非常丰富，藏有煤炭、铜、锌、铅、锰、铁、铀、钨、砷、钴、镍等矿产。哈萨克斯坦无

意外发现酒店围墙上应景的壁画 · **哈萨克斯坦巴尔喀什**

尽的荒原啊，原来你是这般的富饶与辽阔！

“减速！减速！减速！路边停车！”开车的曾队突然抓起车台紧张且急促地喊话，正在疾速行驶的车队接到曾队的紧急指令后纷纷靠路边停了下来。只见一辆闪着警灯的警车从我们车旁疾驰而过，戛然停在前方，从车里下来两个手持测速仪身材魁梧的哈萨克族大檐帽交警。丁丁向导放下车窗，与神情严肃的警察用哈语交涉了一番，曾队赶紧下车打开后备厢翻箱倒柜，连比画带哈腰地又重新上演了进入哈萨克斯坦海关的那一幕。交警向对讲机里请示了一下然后摸摸车标，一副很感兴趣的样子，老曾拍拍车盖竖起大拇指：“麦丁猜那，麦丁猜那（老曾的蹩脚英文，意为 Made in China）！”俩警察嘀咕几句挥挥手，车队以低于 80 迈的规定限速继续前进！

下午 4 点多，车队终于早早到达了卡拉干达，卡拉干达是哈萨克斯坦一座中等规模的城市，刚十月份气温就已低到 4 度，当地人也都穿上了羽绒服。路旁树木一派金黄，远处金色的教堂洋葱顶从树梢间露出，环顾街边，多数建筑不知为何看上去总有那么点儿苏联的味道，简易的公寓板楼和我们七八十年代的建筑风格相仿，虽然不是那么的百分之百。

队伍被向导领到一家提前预订了的中餐馆吃饭。身材高大结实的哈萨克族女主人笑脸相迎，在卡拉干达这样偏僻的城市，忽然间莫名地来了这么多远方

哈萨克斯坦卡拉干达·城市夜色里等末班车回家的人

的中国客人，恐怕也是有幸。当她听说我们正行走世界的这一壮举之后非常敬佩，满怀真情、热情洋溢地举杯向我们祝福，忙前忙后不亦乐乎。这一席丰盛的中餐做得是不是地道已经不再重要了，当务之急是队友们总算可以放松身心、敞开胸怀畅饮一番。几个回合下来，一些队员身不由己，醉了。

夜幕降临时，我和老孙并未休息，我们必须抓住这个难得的自由行动机会，于是带上相机冒着寒冷便去“扫街”。丁丁向导在路上曾经提到，卡拉干达州人口数量从 1997 年开始逐年递减，失业率居高不下，犯罪率偏高……我们心头总被这个阴影笼罩着。城市夜色中的两个人人生地不熟，活动范围离酒店也不敢太远，虽然没到战战兢兢的地步，走在路上时还是会不自觉地捂着相机，拍照时也小心翼翼地避免遇到麻烦。

总之，这个城市最后给我留下的印象是：交替出现的白种人和黄种人、地下通道里的老妇人和琴手、相拥在电话亭里接吻的年轻人、车站等候末班车的人们，以及我们入驻的老式部委大楼一样铺着木地板的宽大陈旧的酒店。对了！还有一位令我印象深刻，就是一大早被我们吵醒，为我们打开楼道门锁后便开始用拖把清洗楼道，满脸笑意配合我拍照的美丽优雅的酒店楼层女管理员。

遭遇险情 · 兵临城下战马失蹄

前方距离哈萨克斯坦首都阿斯塔纳只有 211 公里。

今晨天空晴朗，队员们经过休整，状态有所好转，更令人感到振奋的是，阿斯塔纳官方为了我们的此次到访，特意派出了警车为我们开道引路。从此，曾队长驾驶的①号车前面多了一辆警灯闪烁、警笛常鸣的开路先锋。

有哈萨克警车在前方耀武扬威，曾队不失时机地摸出平板电脑，以双肘控制方向盘，腾出双手对着前方警车大拍视频，口中配合解说，念念有词：“亲奈（爱）地乡亲们！盆（朋）友们！我现在正行驶在前往阿斯塔纳的路上。今天，有夜（热）情友好的哈萨克交通警察为我们开路，使我感到无比的永（荣）幸，我为我们伟大的举（祖）国感到无比即（自）豪……”

我虽然对有“亚洲车神”之称的曾大哥的驾驶技术从未产生过怀疑，但看到这个情景，坐在副驾位置上的我还是忐忑不安，心中不由得暗自打鼓。“我来！我来！还是我来替您拍照吧，放手吧您呐！”我从曾队手里夺过了他还在录制过程中的平板电脑。如虎添翼的车队在原野上如沐春风，疾速飞驰，国旗迎

64
ТЕМІР ЖОЛ
КАССАЛАРЫ

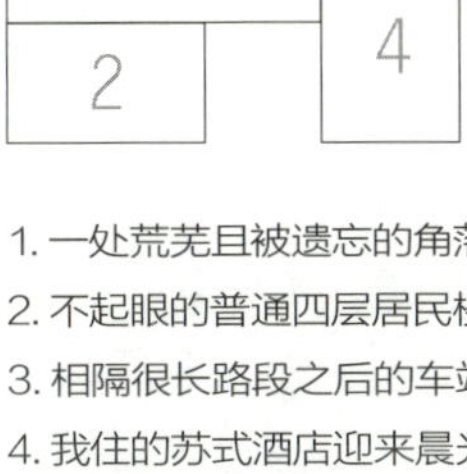

1. 一处荒芜且被遗忘的角落
2. 不起眼的普通四层居民楼
3. 相隔很长路段之后的车站
4. 我住的苏式酒店迎来晨光

· 哈萨克斯坦卡拉干达

风招展好不威风！这时的车台喇叭里早没了队长们的动静，喇叭传出来的只有哈萨克大檐帽对着前方来车司机叽里呱啦的指令和警笛一阵阵“啾啾”的鸣叫。对方道路的车辆各个安分守己，无论是轿车还是拖着巨型油罐的载重卡车，无一不按部就班地将车躲在路边减速让行，等着车队过去，一些司机们还放下车窗好奇地看着车队招手。

在警车的带领下，车队高速驶入阿斯塔纳市区。这时正值车流高峰，车辆和交叉路口逐渐增多，为了保持整齐的“一”字队形，防止外部车辆插入，车辆之间必须跟紧，但是哈萨克大檐帽的开道警车却开得飞快，就在大家放松警惕的时刻，只听后面“哐”的一声……

“前面停车！停车！⑤号车发生事故，赶紧停车！”车台传来后方队长龚正急促的喊声。

车队停了下来，队员们被这突如其来的状况吓了一跳，都紧张得一时间呆坐在车里缓不过神来，不敢设想事故发生的后果。

原来，由于车队行进速度较快，⑤号车为躲避前方④号车刹车造成追尾，猛然间向侧面打轮，不想却一头撞到边上行驶的公交车，⑤号车右前车轮脱落，车子严重受损，不能继续行驶。

遭遇车祸——最令人担心的事情还是发生了。

“但愿车上人没事！”这是我在惊恐过后头脑中闪出的第一个念头。老远望见⑤号车驾驶员老翁心神不定地站在车旁大口吸烟，四周早已围拢了一大群好奇的路人。“还好，车辆受损，人安然无恙！阿弥陀佛！”我这才稍稍松了一口气。由于有随队哈萨克交警从中斡旋，事故现场没过多久就恢复了正常。公交车只受了些轻伤，不久就离去，⑤号车很快被及时赶来的拖车送到修理厂修理，汽车后勤保障员吴爽和小段一同前往提供技术支持。据悉，那些随车带来的汽车配件派上了用场，否则，⑤号车恐怕从此难以重返战场了。此次车辆保障功不可没。

突发的事故，给车队一个不小的教训，这起事故的提早发生也为队员们后面的行程敲响了警钟，疲劳驾驶、麻痹大意是造成事故的隐患，提醒大家随时都要集中精力安全驾驶。大家调整好情绪，队伍继续出发，按计划举行“阿斯塔纳进城”仪式。

哈萨克斯坦的阿斯塔纳是“一带一路”万里行海外之旅的重要一站。对于我们的到来，哈萨克斯坦政府给予了高度重视，并准备了盛大的新闻发布会、富有民族特色的入城欢迎仪式以及隆重的欢迎晚宴，阿斯塔纳正展开双臂迎接车队的到来。

圆桌论坛·走进哈萨克斯坦

“一带一路”万里行走进哈萨克斯坦活动，即将在哈萨克斯坦年轻的首都阿斯塔纳隆重举行。

9月22日下午，车队举行了专门的入城仪式，哈萨克斯坦文化体育部体育发展部主任耶利西雅尔·拜穆哈梅德乌勒、文化体育部语言及社会政治工作发展委员会副主任库阿尼喜·阿斯洛夫、阿斯塔纳世博会市场推广局副局长阿依古丽·穆柯依、中国驻哈萨克斯坦使馆公使参赞任仕等与“一带一路”万里行代表团共同见证了这一历史时刻。

在哈萨克斯坦民众的热烈欢迎下，车队驶进欢迎仪式现场。曾经在中国留学过的阿斯塔纳向导手指车窗外对我们说道：“我昨天把你们来这里的好消息告诉了妈妈和姐姐，她们现在就在不远的欢迎人群里。”

一辆拉达轿车里冲我笑的幼儿·**哈萨克斯坦库斯塔奈**

能歌善舞的哈萨克斯坦民众载歌载舞，抛洒象征欢乐与祝福的糖果，迎接远方的来客。车队走进阿斯塔纳，哈方政府的工作人员以及“一带一路”万里行组委会领导热烈欢迎车队的顺利抵达，等候在那里的组委会成员与队员热情拥抱，对几天来队伍的艰苦努力表示慰问和鼓励，哈萨克斯坦国家电视台对车队的到访也进行了专程采访与报道。

欢迎仪式上，哈萨克斯坦歌唱演员唱起哈语版的“一带一路”万里行主题曲《One Belt One Road》。中国社会艺术协会主席、“一带一路”万里行活动代言人、国际著名小提琴艺术家盛中国与夫人——国际著名小提琴艺术家濑田裕子女士共同演奏《梁祝》等乐曲。一曲曲动听的音乐就像是在空中翩翩起舞的蝴蝶，也像是璀璨的星辰，在夜空中闪烁，照亮“一带一路”万里行的路。

第二天的圆桌会议，哈萨克斯坦投资促进部第一副部长拉希姆·阿沙克巴耶夫，教育科学部商业化技术中心总干事达米尔·叶格兹巴耶夫，“阿斯塔纳新城”特别经济区行政管理局副局长伊萨·高夫·戛纳特·卡贝拉什莫维奇，哈萨克斯坦商会、2017 阿斯塔纳世博会国有股份公司等哈方政府代表、企业负责人与“一带一路”万里行代表团、在哈中方企业共同出席了活动。

中哈两国渊源深厚，关系紧密。目前，哈萨克斯坦已成为中国在独联体国家中的第二大贸易伙伴，中国则是哈萨克斯坦第一大贸易伙伴。为了更好地促进中哈两国的经贸发展，“一带一路”万里行代表团与哈方政府代表就中哈两国经贸落地、项目对接进行了深度探讨。与会人员都认为，在中国国家主席习近平提出的“一带一路”建设和哈萨克斯坦总统纳扎尔巴耶夫提出的“光明之

巴伊捷列克塔广场的哈萨克族图腾神鹰 · **哈萨克斯坦阿斯塔纳**

路”新经济计划下，两国必将有更紧密的合作。现在正在建设的阿斯塔纳新城和 2017 年将在这里举行的世博会有非常多值得合作的项目，借助此次“一带一路”万里行圆桌论坛将促成更多中国企业与哈方的深入合作。

阿斯塔纳 · 草原上崛起的都市

哈萨克斯坦的新首都阿斯塔纳是一个奇迹，短短十几年，该城市如雨后春笋般从草原上拔地而起。谁也不曾想到，19 年前哈萨克斯坦刚刚独立，这座城市曾被称为阿克莫拉，有“白色坟墓”之意。那时，这里是一座仅有 20 多万人口的荒漠小镇，连现代都市的影子都不存在。然而，今天的阿斯塔纳已经不得不令人刮目相看了。

在等待⑤号车修理的几天里，我们完成了各项经贸活动后，开始总结经验、整顿队伍，同时车队也可以分配出车辆给摄影团队使用，我们可以充分领略这座从草原上兴起的城市了。

阿斯塔纳人口不多，干净整洁，秩序井然，蓝天白云，霞光灿烂。巴伊捷列克塔广场中轴线上，矗立着大量标新立异的未来派建筑。位于城市中轴线上重要位置的哈萨克斯坦总统府，面向北侧，外形好似白宫，却有着蓝色的穹顶和金色的尖塔。总统府往北主干道两侧，有一对金色锥桶形玻璃建筑，好像卫

阿斯塔纳标志性建筑可汗之帐 · **哈萨克斯坦阿斯塔纳**

阿斯塔纳国家博物馆前的雕塑及远处的哈兹拉特苏丹清真寺 · **哈萨克斯坦阿斯塔纳**

士一般守护着首都南大门。

继续向前，哈萨克斯坦国家石油天然气公司大楼巨大的拱桥横跨广场中轴线，穿过拱门向北，可以望见后方的巴伊捷列克观景塔——生命之树，外观似白桦枝叶的鸟巢中捧起一只哈萨克人传说的神鸟金蛋，寓意充满生命的期望。

沿广场再向北望去，一座半透明的圆锥形建筑尖顶斜向北方直冲云霄，这就是最令人瞩目的阿斯塔纳现代建筑——可汗之帐。身处其脚下仰望插入云端的尖顶，光影莫测，好似要把人带入天空，大有“大汗天下”之气概。它是以成吉思汗统治时期游牧民族的帐篷为概念，设计的全球最大的帐篷形建筑物，意思即“成吉思汗后裔的帐篷”，用以唤起人们对草原毡房的回忆。它高 150 米、室内建筑周长 2 公里，上上下下一共 6 层，总面积超过 10 个足球场，四周以膜状透明材料与中心钢柱支撑结构构成伞状空间。

置身其内，风和日丽，里面设施可谓应有尽有，占地两个足球场的花园鸟语花香，还有仿照自然海岸建造的河流和沙滩泳池，以及多层饮食休闲购物中心，内部还建有 6 个电影放映厅、微型高尔夫球场、儿童娱乐城、体育健身城等设施，可以“提供人们生活所需的一切”，它已成为阿斯塔纳的城市新地标。

建筑的宏伟壮观潜移默化地培育起了民众对以毡房为象征的哈萨克民族的自豪感。

身边的老孙被建筑所感染，在风的吹送下，舞起了六七米长的红绸，完成着“行走丝绸之路”的主题摄影创作。我则选择沿“大帐”外步行一周，眼看着建筑表面从顺光到逆光、从反光到透明。云朵飘飘，光影忽明忽暗犹如快放的镜头，好一个时空迷离、神秘莫测的 3D 梦幻场景。在这里，我终于拍到了几张还算满意的照片，真是同一件事物，在不同时空有多种角度。

洁白的哈兹拉特苏丹清真寺、大学生俱乐部、哈萨克民族塔、国家博物馆……队员们恨不能一天时间就把阿斯塔纳尽收眼底，“一网打尽”。

一条伊希姆河蜿蜒穿过阿斯塔纳市区，水面泛起金色的余晖。十几个队员从博物馆出来一路小跑，终于赶上了最后一班游船。凑巧的是船上来了一群十五六岁叽叽喳喳、漂漂亮亮的小姑娘。刚开始，她们看我们的眼神还羞涩矜持，没过多久，在镜头相互对拍的启动下，这些孩子活泼机灵的天性就显露出来了。一船人兴高采烈，相互用蓝牙传输手机照片，满足着好奇之心，羞涩矜持早已丢到九霄云外。其中一个漂亮外向的女孩儿竟忘形地由两人扶着站上了船舷俯首弄姿，被驾驶舱里的船长发现后狠狠一顿训斥。摄影师小樊不失时机地完成了计划中的“牵手”主题拍摄，队员们匆忙的一天可谓各有所得，满载而归。

不期而遇 · 接踵而来的古尔邦节与中秋节

9月24日，正值哈萨克伊斯兰的传统节日——古尔邦节。这个日期在公历中并不固定，若按伊斯兰历则规定以每年12月10日为古尔邦节，公历和伊斯兰历有11天的日差。阿斯塔纳全市为此放假三天。

“古尔邦”一词意为“牺牲、献身”，也称“宰牲节”。这个节日源于伊斯兰教一个古老的传说：阿拉伯人先知易卜拉欣梦见安拉，安拉令他宰杀自己的儿子为其献祭，以此考验他的忠诚，当他的儿子伊斯玛仪俯首听命易卜拉欣准备执行时，安拉看到了易卜拉欣对他的虔诚与敬畏，于是派天使遣下一只羊，令他宰羊代替儿子的牺牲。所以就有了信徒们这个“虔诚”的节日。以后每年的这一天，人们根据这一传说宰羊献祭，延续成俗。

如队员小樊所说，要和一个国家的文化交流，就得让自己融进这座城，去喝当地的茶，去拍当地的街景，去听当地人的音乐，去和当地人交流，就像他的“百人握手计划”一样，接触不同的人……古尔邦节的来临是个令人充满期待的大好时机，于是大家预选了两个清真寺作为拍摄点，我希望丁丁向导能带我们深入当地百姓的生活，比如那些宰羊献祭的节日现场，或者民族传统手工

哈兹拉特苏丹清真寺内 · **哈萨克斯坦阿斯塔纳**

哈兹拉特苏丹清真寺内 · **哈萨克斯坦阿斯塔纳**

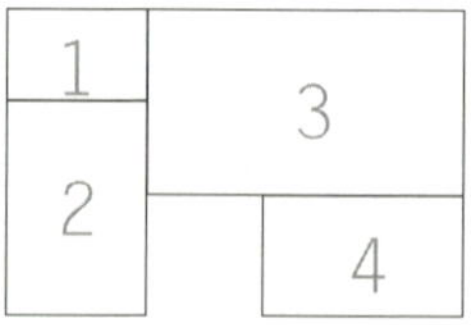

1. 哈兹拉特苏丹清真寺穹顶
2. 诵读《古兰经》的人
3. 做礼拜的诵经声此起彼伏
4. 妇女们有专门的祈祷区域

·哈萨克斯坦阿斯塔纳

艺人之类。用摄影师老孙曾经对我说过的话：“你头脑中又一次预设了你想象中想要的画面了。”老孙的意思我明白，就是要我客观地发现和捕捉眼前发生的事物，而不是套用某个经验来完成拍摄。老孙英明，此言甚善！丁丁挠挠头皮，一副极力开动脑筋的样子，表示理解我们的需求并会尽力而为。

洁白的哈兹拉特苏丹清真寺就在巴伊捷列克塔广场一侧，四座宣礼塔高77米，对称地立于清真寺的四角。它是中亚最大的清真寺，是三年前才开始启用的崭新的清真寺，设计容纳规模最多的时候寺内外可以供万人祈祷。然而，今天早晨来做礼拜的人显然没有“又一次预设中的如麦加朝圣”的场景那般多。

虽然人不多，在这个时期通过安检进入这个清真寺还需有些耐心。两排队伍，男女有别，排在前头的老孙的照相机被探测仪仔细检查之后，又要求拍摄几张，看到显示屏出现影像确认这是一台“功能可靠”的相机时方可通过，我和后面的队员如法炮制。经过了严格的安检、仔细摆放好脱下的鞋子后，人已变得诚惶诚恐、蹑手蹑脚，大气不敢出了。

赤脚穿过回廊进入寺内，顿觉豁然开朗，眼前是穹顶高51米、宽28.1米的巨大空间，它是目前哈萨克斯坦跨度最大，也是我至今见到的空间最大、令人望上一眼便肃然起敬的清真寺。它的内部装饰以明快的白色、粉绿色、金色为主色调，穹顶天窗投射出的道道金光撒向地毯，大理石柱子和墙面都装饰有浓郁的哈萨克民族特色的花纹，整个殿堂的气氛可以用华美、壮丽来形容，同时又不失现代感。伊斯兰教信徒们在做礼拜前要洗净手脚，所以在这个地方还可以看到一排排的感应式水龙头，旁边的沐浴设施也是崭新的。这座新建的清真寺虽然年轻，但也有自己的镇寺之宝——一本非常古老精美的手抄《古兰经》。

宣礼开始，殿堂内发出低沉的嗡嗡回响，听上去犹如大海波涛波澜起伏，流淌出一种无形的精神力量。当信徒们俯身膜拜，衣袍发出的一片簌簌声宛如一阵春风拂面而过。我沉浸在这个时刻，心旷神怡、神清气爽，唯恐自己的快门声音亵渎了这神圣的殿堂灵魂的居所，因为此时我已不再是个旁观者了。

“深入百姓之中，体验百姓生活”看来有些难度。快傍晚的时候，丁丁删繁就简，带领我们“深入”了阿斯塔纳百姓居住区的一处大“巴扎”，里面干净整洁，蔬菜新鲜，副食百货供应充足，很多小商品都是来自中国。这一地带倒是显露出了阿斯塔纳普通百姓富有特色的生活的一面，路两旁修鞋、理发、食品衣帽店等商户云集，市民的民族特征也有所显露。

今天的古尔邦节没有按我“预设中的画面”那样出现，然而圆圆的月亮已经挂在天上。我忽然意识到再过两天又是中秋节了，听后勤主管王思维说对此车队早有准备，队员们想象着餐桌上的美食大概是以月饼就着烤羊肉来准备了吧，但不知道这次酒是不是还允许再喝了？

想起最近几年的中秋节几乎都是在外奔波度过，一丝惆怅涌上心头。

战马归队 · 重整旗鼓蓄势再发

今早接到三个消息：

第一个消息是，⑤号车用了三天时间终于修好了，车轱辘装回到原来的位置，右前方受伤处打了一大块补丁，样子虽然很像《英雄儿女》中脑袋缠着绷带的王成，但终究可以和队伍一起继续前进了。车手老翁的头此次十分幸运地没有被缠上绷带，车子也就理所当然地由他继续开。这次意外给我们带来的好处就是，让大家得到了好好休息，并且仔仔细细地浏览阿斯塔纳这座新兴城市的机会。

第二个消息是，车队组织方经过协商，为安全起见，临时雇佣两名当地司机，以减轻现有车手的压力。

第三个消息却令我始料不及，本来一直在一起的老孙突然决定暂时离开队伍，准备和摄影师小樊一起取道俄罗斯，再由莫斯科到土耳其与队伍会合。离队的原因很简单：车队一路赶来，摄影师要求停车拍摄的请求总难满足，即便一些本该停留的地方也一带而过；车手们一天动辄驾驶七八百里，得不到休息也很疲劳，特别令人担忧的是，到目前为止，还有十二位车手赴意大利的签证还未签下来，憋着一肚子不满。队长们也有难处，有的为确保自己的安全己任，节外生枝的事越少越好；有的则把赶时间放在了首位，担心打乱下面的行程安排。各有各的道理，队伍因此才身不由己地一路狂奔。国内的大后方又不时地要求我们发回照片，用来及时发布网络宣传消息。在这种情况下，摄影师的创作任务很难保证能顺利地完成。

突如其来的决定虽令组织方措手不及，最终还是同意了他俩的要求：从哈萨克斯坦到俄罗斯再到土耳其，这段时间两位老师可以离开车队，自行完成拍摄。在土耳其会合后再继续完成下面的路线活动。

早餐时我和老孙、小樊匆匆告别，相互嘱咐着一路上多多保重、注意安全，大家相约土耳其再见，大有“方才还惺惺相惜，马上又依依惜别”之感。三个消息发出不久，休整后的队伍向小镇库斯塔奈出发，开始了后面的漫漫旅程。

从阿斯塔纳到小镇库斯塔奈这段时间里，我给国内后方发过两次信息，告知这边的情况。其中一个是在半夜里发给组织方赵超越的：

“现在赶路是第一位的，没有时间和地点拍照，即使有稍微好些的景色要求路边停留一会儿都很难满足，因为车队每天都有800或1000公里的路程要赶。每日基本是这样过的：摸黑儿起床，吃早饭，拉条幅照相留影，开路、撒尿、午餐（赶到哪里算哪里，有城镇或路边咖啡馆的话，有时打包带在车上吃），再赶路，然后摸黑到达酒店，第二天仍然如此往复。目前，驻留过的地方只有阿斯塔纳。出发前想见到汗血宝马的愿望恐怕早成天方夜谭了！”

“更深入地说，我遇到了未曾遇到过的，体验了未曾体验过的，同时也收获了应有的收获，与来自各方的人相遇，碰到了各种纠结的事，也发现很多事情值得学习和尊敬，这也是一场心路历程的探险，这些也是《中国科学探险》杂志的探索精神所在。目前我的心态很好，你们不必为我担心，从我个人来说没有任何可抱怨的，我很适应这样的节奏，也准备好了继续克服困难，相信会有更多别的收获。出发前，我就有接受各种状况的思想准备，现在最令人欣慰的一点是，大家全都平安，心态也逐渐调整过来了。期待今后的情况有所好转。”那边赵超越也不停地鼓励和安慰我，最后回复：“真是太感谢了，和我聊到半夜！”

此时已经是国内早上10点，而库斯塔奈小镇的天还没亮。昨夜车队寄宿的这家酒店十分简陋，木质地板隔音很差，我楼上的一对夫妻或情侣，半夜几次翻云覆雨的骇人动静，加上我肚子也跟着凑热闹，上下联手，搅扰得我一夜不宁。

吃过半瓶药，我的肠胃仍不见好转，因怕脱水而大量喝水。眼下对我来说，安抚好我的肠胃才是重中之重，若是在队伍行驶过程中总因为我个人的要求停下整个车队，那将是多么麻烦又尴尬的画面。出发前，队长老袁眯着眼扒着车窗诡异地问：“肚子咋样了？要不要给你借个尿不湿？”我知道他这是和我开玩笑，回道：“还是你留着用吧。”

还是车手毛英杰心细，出于医生的职业习惯，他下意识地看了看我的药瓶，这才发现我的药早就过期了。原来它作为常备药物几年前就装在我的摄影包里，我竟疏忽了它的有效期。吃了小毛和郭姐送来的爱心消炎药，我这颗悬着的心才算安定下来。更令人啼笑皆非的是，近日里一些队员和我现在的症状正好相反，由于在哈萨克斯坦吃的总是离不开烤肉和馕，蔬菜稀少，又长时间坐在车里不动，造成大便干燥，面色忧郁，苦不堪言。

队伍出发已经第六天了，穿过哈萨克斯坦还有整整一半漫漫长路要走，车队离开阿斯塔纳后景色又回到一如既往的单调。现在，剩下的随队摄影师只有形只影单的我，无聊的时候我唯一能做的就是在车后呼呼大睡，一旦停车便赶紧下去活动筋骨和撒尿。肚子有些好转了，实在令人欣慰，比起那些辛劳的驾车手们，我已经幸福得如同春天里晒太阳的猫！拍照的事儿还是先丢到九霄云外去吧！先抒发一下情感再说：“坐地日行八百里，巡天遥看一线隔。月神欲问前程事，一路痴心奔世博。”

这个国家可真够大的，特别是行驶在单调寂寞的荒原时，更让我心悦诚服地发出“它不愧是地地道道的‘世界上面积最大’的内陆国家”这一感慨！长时间在哈国地平线上行驶，可能会误以为整个世界都是无穷尽的。

阿斯塔纳国家博物馆内的神鹰灯饰 · **哈萨克斯坦阿斯塔纳**

两个新面孔 · 阿依訇和乌里佑

“阿依訇”和“乌里佑”这两个新疆人名的汉语音译肯定是不准确的，是我第一次在加油站认识他俩时临时记录用的，不过他们自己也不知道名字的汉字该怎么写或者根本就忘了怎么写。当时车队从小镇库斯塔奈出发到阿克托别的路途中停车加油时，阿依訇和乌里佑站在加油站空场上正扒开锡纸吃巧克力，见我来到跟前也顺势递给我一块。

我当时还有些诧异，怎么在这荒无人烟的地方还能遇见两个“中国话”说得这么利落的同胞。“我们俩是你们车队新来的司机。”这时我才恍然大悟，联想起昨天早晨那个关于车队补充新司机的事儿。自然而然，我们一边吃巧克力一边聊了起来。

这俩人一个身形高大，一个面色黝黑，一看就是经常闯荡江湖的角色。高个子阿依訇外向好说，黑脸乌里佑只会在一旁不住地点头。“我们俩老家在新疆乌鲁木齐，‘阿依訇’是‘清楚’的意思，‘乌里佑’的意思是‘向上’，都是哈萨克族人，来哈萨克斯坦已经十几年了。”

“怎么样，你们在哈萨克斯坦过得还好吧！你们当初来的时候，语言交流方面有没有障碍啊？”

“当然好，说话没有障碍，只是有一些小小的差别，我们说的都是哈萨克语嘛，又都信仰伊斯兰教，生活习惯也差不多嘛！俄语嘛，是现学的。”

“我嘛，现在已经有了一辆大货车。车子嘛，雇了我的弟弟来开，一个月

哈萨克斯坦阿克托别 · 来自新疆的阿依訇和乌里佑

给他一万五。”

这让我不由吃惊：“人民币？”

“嗯，人民币，在这里开大货车的每月最低也要一万。”

“我现在娶了当地的哈族姑娘，有两个儿子一个女儿，幸福得很。”

那是自然了，我暗自思缜。

“你在哈萨克斯坦这么多年，你认为和哈萨克斯坦人相处得怎么样？”

“哈萨克斯坦人好得很。”

“现在，哈萨克斯坦政府分给我一亩地盖房子、十亩地种麦子，4月份种上，9月份就可以收获，不用浇水，只要下雨就行；政府还给补贴三千块，我一个月能挣三万块人民币。冬天蔬菜很少，我有中国来的汉族老板在卡拉干达那边搞的蔬菜种植大棚，也很挣钱，国家也给补贴，同时还种着国家几千亩地的葵花呐！”

“现在中国公民到这里移民也不是很难，不像传说中的，什么有黑社会啦，治安不好啦，其实啥也没有，社会都好，现在两个国家合同写得也挺好的，修路、盖房、种地啥的投资政策也很好。”

阿依訇对移民哈萨克斯坦感到很满足，一连说出几个“很好”。

“我俩这次出来主要是来玩玩儿，看看景儿，也不知道最终你们的车开到哪里！能开到哪就算哪！”

阿依訇的言谈话语中左一句政府，右一句国家，足见他对哈萨克斯坦这个国家深深的认同之感。在车队后面的行程里，这两个来自中国新疆的兄弟除了开车之外几乎是形影不离的。

取舍乌拉尔 · 一次体现民主精神的选择

一大早，队员们擦去车窗的泥土，7点准时出发。

折磨人的单调风景确实会使人疲劳，队员不能忍受这样无意义的路途。来自西风站的车手情绪又有些骚动，西风站车手对有人把耽误时间的原因归结到车祸上感到不满，认为是行程安排得不周，提出要转道停经乌拉尔河拍摄。曾凡人队长在快要不能把控局面时，赶忙向祖国大后方的符总打电话请示，龚正也急急地和老袁商议。出于行程的紧迫和世博会的后期安排，他们决定继续按计划进行。这只是今天出发前的插曲，后事还待继续。

丁丁向导又开始了例行介绍："乌拉尔河从北向南流经俄罗斯联邦及哈萨克斯坦，通过阿特劳注入里海，全长 2428 公里，是世界第四大内流河。传统上它是欧洲与亚洲的界河，也将俄罗斯大陆分成欧洲和亚洲，因此，今天的行程相当于跨越了两大洲的界限……我在哈萨克斯坦生活了 7 年，哈萨克斯坦总共 270 多万平方千米的土地上，有 135 个民族，这里没有任何民族矛盾，大家地位平等、相互尊重、宗教自由，以伊斯兰教为主，也有东正教、佛教等。"

已经没有人注意听他的解说词了，此时我在给后方的朋友郑月发信息：

"我已经放松心态，以一个普通体验者的身份，用自己的双眼观察或解读过程中所有经历和发生的故事。现在对于我来说，无论时间还是地点，拍摄已经远远不是、也不可能作为我的最大目标了，这是行程中无法兼顾的问题。但是，发生的各种故事却丰富多彩，此次活动就像一个形态复杂的多面体，不同的任务，不同的需求和利益关系，不同人解决问题的方式也不同，所折射出不同的色彩和光泽，令人应接不暇，这些是我最大的收获。我的内心也在祈祷，愿全体车队成员平安！"

关于去不去乌拉尔河，手台里传来经过各方协商后的消息："这是一次难得的机会，应该牺牲一点儿时间。车队决定去乌拉尔河看一看。""安全稳妥派"以妥协告终，"浪漫驴友派"终于得到一次难得的胜利。"乌拉（俄语，欢呼万岁的意思）！"我内心发出一阵狂喜，路边一对儿苍鹰正穿过道路飞翔在广阔的蓝黄之间。

车队与公路上的巨型油罐车擦肩而过 · **哈萨克斯坦拉乌尔**

没多久，手台里又传来了一个理性的声音："不去乌拉尔河晚上 9 点可以到达酒店休息，要去乌拉尔河的话预计将于次日凌晨 1 点到达……"

这是一道充分体现"民主精神"的选择题，同时也表现出了几经磨难后队长们的"智慧"，车里和手台里只剩下一片寂静，再没了任何声音。

车上有人打破沉静，说："唐僧、孙悟空、沙僧、猪八戒谁最厉害？"这个问题很有意思！队里女孩回答说："唐僧最厉害！""为什么？""因为他没有啥特长，可他能把几个徒弟吸引得围绕着他转，最后完成取经大业，难道不是吗？"

晚上 8 时 48 分，车队提前到达阿特劳酒店早早歇息。

脚跨两大洲 · 目标俄罗斯

9 月 29 日的阿特劳天气依然晴朗，由于手机设置错误，今天起得过早。

车队计划今天下午 3 点到达哈俄边境达寇卡耶夫卡口岸。要离开哈萨克斯坦这个广袤无垠、美丽富饶的草原民族国家了，向昔日曾经辉煌的苏维埃联邦国家——俄罗斯进发了。

车队一早挤出时间去了两个地方，一个是昨天还遗憾没去成的乌拉尔河，另一个是阿斯特劳历史上的两位英雄的雕塑广场，算是最后匆匆看了一眼这个国家的城市。

“对于大部分中国人来说，阿特劳这个城市的名字或许非常陌生。阿特劳始建于1645年，起先是由商人古里·纳扎罗夫建立起了一座木制城堡，取名乌拉尔堡，第二年城堡即被乌拉尔哥萨克洗劫。后来，古里耶夫家族在1647~1662年间用石材重建了这座城堡。沙皇阿列克谢派遣了一支军队驻扎在城堡里，以防范哥萨克的侵袭，然而1667~1668年，斯捷潘·拉辛领导的哥萨克队伍再次占领了这座城堡。随着时间的推移，城堡的战略意义逐步减退。到了1810年，城堡被拆除，原城堡周围则自发形成了城市。自1708~1992年的两百多年时间里，城市的名称叫作古里耶夫，现在称为阿特劳，是哈萨克斯坦最古老的城市，地理位置更靠近俄罗斯。现在这里的主要居民有哈萨克族、俄罗斯族、鞑靼族……”

哈族中文向导阿曼开始例行的介绍，不知大家是否感兴趣，向导阿曼依然不负使命。

阿特劳现在在世界地图上又叫作阿蒂拉乌，紧邻里海最北端，乌拉尔河从这里流入里海。我这里要提醒大家的是，里海不是海，里海是世界上最大的咸水湖，位于欧洲和亚洲的内陆交界处。里海拥有与海洋相似的生态系统，海运业发达。里海在地理学上属性为“海迹湖”，它与黑海原来是连成一片的，它们最后各自分离才成为现在的一个内陆湖泊。阿特劳则是哈萨克斯坦最大的港口城市和最大的炼油基地，从这里向东欧国家出口石油工业品和食品。

在阿特劳以北约50公里的地方，还保留着一个名叫萨莱楚克的中世纪城市遗址。萨莱楚克在哈萨克语中是“小客殿”的意思，10世纪时就已经存在，这座城市在当年的金帐汗国是其中一个最大和最重要的商业城市。1395年被帖木儿破坏，后在1430~1440年重建，成为诺盖汗国的首都，之后再次并入哈萨克汗国，在1580年又成为俄罗斯哥萨克在乌拉尔河上的据点。

历史上，这个城市是古丝绸之路的重要驿站，也是10~16世纪欧洲至中国贸易路线上的重要城市。丝绸之路是连接中哈经济文化关系的重要桥梁，阿特劳曾经又是丝绸之路的重镇，它对现在的“一带一路”建设仍有非常重要的现实意义。哈萨克斯坦作为中亚五国之一，在丝绸之路的建设中起到了重要的作用，对哈萨克斯坦而言意味着重要机遇。继承古老的丝绸之路，需要努力增进沿线各国人民之间的交流。

很可惜，由于时间原因，我们没有去看萨莱楚克这个中世纪遗址！

没想到，阿曼会以这句话作为此次解说的结束句。

清晨的乌拉尔河金灿灿的，河边寥寥无几地跑着几个晨练的市民。亚洲和欧洲的分界线乌拉尔河贯穿全城，阿特劳中央大桥就横跨在乌拉尔河上，桥梁的一端是亚洲，另一端就是欧洲。在跨河大桥上走上几个来回，便实现了多次“穿越欧亚”的经历。跨在地标中间，你可以想象脚踩欧亚两大洲的感觉。有意思的是，人们总以某某国界线、中心点、最南端或者最北极等这样的概念来定义脚下的位置，可这种定义，对于像我们这些在此匆匆留影的过客又有什么意义呢？我不得而知。但在后面的路途中，我们再一次横跨了欧亚大陆，那一次的跨越才可以说是真正实现了宗教的跨越、历史的跨越、文化的跨越，以及种族的跨越。

阿特劳市距离哈俄边境达寇卡耶夫卡口岸约 300 公里。我们离开哈萨克斯坦前往俄罗斯，中途除了突兀于荒野中的加油站和简易而危险不堪的木质厕所，其他没有任何设施，如厕的话还不如远远地隐于荒野中来得卫生、安全。中午吃饭就只有在加油站凑合了，吃之前准备好的炒饭、盒饭。加油站四周的土路被载重油罐车轧出道道车辙，每当货车慢慢驶过，粉状的黄土便迎风扬起，队员们就这样趴在车盖上就着黄土解决了这顿午餐，哈族导游阿曼依旧用手抓饭吃。

走出哈萨克斯坦最后的这段里程，有 50 公里的路况很差，但是风景却极好。正值麦收季节，路两旁一望无际的金黄，每当车队颠簸驶过，总会惊起麦田里一群乌鸦。麦子不高，麦穗也不是很长，不施化肥，不用田间管理，土地有的是，产量听天由命，绝对的靠天吃饭，作物完全自然生长。据说作为世界排名第五的小麦出口大国，哈萨克斯坦是世界出产质量最好的小麦的地方，这倒是与它的土地面积成正比。

对于这片依然充满了太多未知的土地，车队一行十天就这样行色匆匆地急驰而过了。

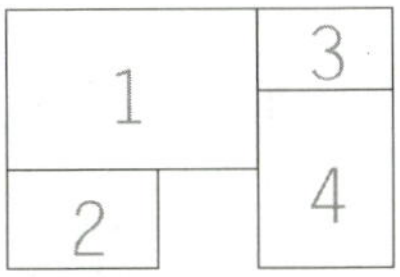

1. 停在铁路上的油罐车
2. 经常遇到的公路警察
3. 两个放学回家的男孩
4. 母女俩走出小镇超市

· 哈萨克斯坦库斯塔奈

3 俄罗斯
Russia

伏尔加河 · 脑海中的一首歌和一幅画

下午 3 点，车队按计划准时到达哈俄边境达寇卡耶夫卡口岸。

不知是哈俄两国间的传统友谊所致，还是由于在中哈边境时已经对车辆手续进行过严格审核，这次进入俄罗斯异常顺利，通关过程不到半个小时。通过最后一个路障时，边境对面一个高大黝黑的彪形大汉戴着黑墨镜已经早早地等在那里，他是迎接我们的新的向导张巍。

“好一个黑帮老大！”我暗自嘀咕。相互认识之后，车队开始了此次行程最短的俄罗斯两日穿越之旅。

哎哟嗬，哎哟嗬，齐心合力把纤拉。
哎哟嗬，哎哟嗬，拉完一把又一把。
穿过茂密的白桦林，踏着世界的不平路。
我们沿着伏尔加河，对着太阳唱起歌。
哎嗒嗒哎嗒，哎嗒嗒哎嗒，对着太阳唱起歌。
哎哟嗬，哎哟嗬，齐心合力把纤拉。
伏尔加，可爱的母亲河，河水滔滔深又阔。
哎嗒嗒哎嗒，哎嗒嗒哎嗒，河水滔滔深又阔。
伏尔加，伏尔加，母亲河。

这首古老的《伏尔加船夫曲》是以俄罗斯的母亲河伏尔加河为背景，表现了船夫们迈着沉重的步伐拉纤的劳动场面。一声声叹息、一段段纤夫号子，仿佛人们拉着笨重的货船从远方由远而近缓缓走来，而在沉重的叹息声中似乎又蕴藏着反抗的力量。

歌声回响，一幅印象深刻的画面同时浮现在我脑海中，那就是俄罗斯 19 世纪伟大的俄国批判现实主义画家列宾的代表作，也是他的成名作《伏尔加河上的纤夫》。烈日酷暑漫漫荒芜的沙滩上，一群衣衫褴褛的纤夫拖着货船，步履沉重地前进着。一曲低沉的号子在炎夏的闷热中与河水的悲吟交织在一起。

“前面不远就要穿过伏尔加河了。”黑脸大汉提醒我们。

见到伏尔加河真容之前，我无论如何也不能不把这首曲、这幅画和之后见到的这条河联系起来，这是深深烙印在我脑海里的东西啊，它曾给了我不可磨灭的印象。像中国的黄河一样，俄罗斯人民把伏尔加河称为母亲河，它也是国家的精神象征。伏尔加河位于俄罗斯的西南部，发源于东欧平原西部瓦尔代丘陵湖沼间，流经森林带、森林草原带和草原带，全长 3690 公里，流域面积 138 万平方公里，最终注入里海，是欧洲最长的河流，也是世界最长的内流河。这也是车队经过的第二个“世界之最”了。

伏尔加河渠系统还与波罗的海、黑海、白海、亚速海、里海相通，所以又有“五海之河”的美称。它与俄罗斯最大的城市莫斯科和彼得堡相连，在俄罗斯的历史文化、国民经济中起着非常重要的作用。

殷红的夕阳斜斜地投向白桦林，白桦林拖出长长的影子。一条湍急、宽阔、深蓝色的大河横亘眼前。伏尔加河！我终于见到了你的真容。

河上没有白帆，河岸上也没有拉绳索的纤夫，更听不见船夫的号子。河边

车队驶过伏尔加河上的铁锁浮桥进入了俄罗斯 · **俄罗斯达寇卡耶夫卡**

СМЕТАНА
20%
ГОСТ 31452-2012

伏尔加河边卖草莓的俄罗斯大妈 · **俄罗斯达寇卡耶夫卡**

停着一艘稽查游艇，飘扬的是熟悉的俄罗斯国旗，还有一条浮在伏尔加河上金光灿灿、微微晃动的铁索浮桥。我这才从沉浸于脑海中的画面返回，如梦初醒。

车队放慢脚步，等待着挥动小旗的管理员依次放行，我正准备打开车的天窗探出身子拍照却被向导制止，原来激动之下没有看到浮桥入口挂着的“禁止拍照”警示牌。转瞬间，8 辆车拉开距离，车轮嘎啦嘎拉地轧过铁桥。

到达伏尔加河宽敞的对岸，车队终于停下脚步，队员们撒欢儿似地奔向河边朝着大桥拍照，被大桥值勤人员一声大吼赶了回来。我则向河边一位卖瓜果的俄罗斯大妈走去。大妈戴头巾、扎围裙，红红的脸蛋儿颇具典型的俄罗斯胖大妈形象，令人想起《童年》里高尔基的姥姥。她听说我们来自中国，又是在伏尔加河畔偶遇这么多中国人，她既吃惊又兴奋，亲切而热情地一会儿捧出一大把葡萄干，一会端出一大桶水灵灵的草莓给我们吃。虽然语言不通，但特别亲切，拥抱合影，随即一颗在裙摆上蹭了几下的草莓就被她硬塞进了我的嘴里。

这是我刚一踏上这片国土遇到的第一位欢迎我们的可爱的俄罗斯人。可惜身上的哈萨克斯坦“坚戈”还没换成俄罗斯“卢布”，无法买她的水果了。

阿斯特拉罕 · 美女阿斯特拉与列宁塑像

一进入俄罗斯，也许是进入了伏尔加河流域的缘故，风景很快就变了。

往阿斯特拉罕行进的路上，越向西南走，植被越多，空气越湿润，气候逐步变得温和起来。那一望无际、干巴巴的荒漠被远远地抛在身后再也不见了，景致逐渐丰富起来，有山有水有树林，人的心情也很容易从忧郁中解脱出来了。

伏尔加河的几条分支从这里穿城而过，再经这里流向里海，它就是俄罗斯紧靠里海的城市阿斯特拉罕。阿斯特拉罕并非此次行程特别重点的城市，只是经停而已，但是对于队员来说，每到一处都令他们好奇地睁大眼睛，如同海绵一样以最大的限度吸收着一路的五光十色，不放弃任何机会。

太阳快落山的时候，车队沿伏尔加河畔进入阿斯特拉罕，我远远地望见了一组绿色的葱头教堂顶，车队在“克里姆林宫”城墙边停了下来。

“什么？这里是克里姆林宫？”

“对，这里就是克里姆林宫！”张导答道。“克里姆林宫的‘克里姆林’在俄语中意为‘内城’，在蒙古语中是‘城堡’之意。围墙之内的建筑就是建于 17 世纪的城堡——阿斯特拉罕的克里姆林宫。”事实上，许多俄罗斯古城都有自己

阿斯特拉罕的克里姆林宫的建筑· **俄罗斯阿斯特拉罕**

的“克里姆林”！

“20 分钟后在此集合，过时不候。记住，过时不候！”张导指着脚底下斩钉截铁地说道。

伴随着夕阳的余晖，葱头教堂顶染上了红色，张导边走边聊，讲起了阿斯特拉罕的传说故事。阿斯特拉罕名字的由来有几种说法：一种说法是来自突厥语的翻译，意为“位于下游”；另一种说法是，来源于一个草原美女阿斯特拉的名字，传说一个好战的大汉多年来与邻国作战，经常洗劫、骚扰村民。有一次，大汉的儿子在被俘的人群中偶然看到一个美过草原娇艳花朵的姑娘，从此神魂颠倒，坐立不安。“阿斯特拉”是他给美丽的姑娘取的名字。少年多次找她约会，但她却拒之不理。每次离开时，少年反复念叨姑娘的名字“阿斯特拉，阿斯特拉……”可结果如何，传说中再也没提。只是说在此地建起的城市，被人们叫作阿斯特拉罕了。

旁边，两男一女三个年轻人坐在六角亭下正在弹唱，我坐到那里静静地听着悠扬动听的歌声，不由自主地陶醉在这暮色里。想起国内的人们已经很少能看到这样的情景了，大家活得如同蚂蚁般匆匆忙忙。

夜幕降临，灯光把建筑群的白墙照得皎洁透明，宛如冰清玉洁的草原美女。我回头望着这座城堡，像那位依依不舍的可怜少年一样，口中不停地念叨："阿斯特拉！阿斯特拉！……"

翌日，来到离克里姆林宫不远的列宁雕像广场，青铜雕像高高耸立，两侧的喷泉源源不断地迸发着水花，阳光下熠熠生辉。革命者列宁身穿大衣，双手插兜，目光炯炯，高瞻远瞩，似乎正预言着共产主义社会的未来、资本主义的土崩瓦解。苏联社会主义时期，列宁的雕像曾遍布苏联和东欧社会主义国家，然而，在苏联解体之后，苏联和东欧社会主义阵营纷纷裂变，政治风潮的转换使得很多列宁雕像随风而逝，有些雕像被损毁。

可以认定的是，那些损毁的列宁雕像再也无法复原，而阿斯特拉罕这尊漆黑发亮的列宁雕像还安然伫立在眼前。阿斯特拉罕是列宁的父亲出生的地方，因而仍然保留着这座列宁的塑像，让阿斯特拉罕人依旧保持着一段真实的历史记忆。

阿克里姆林宫墙外的列宁雕塑广场 · **俄罗斯阿斯特拉罕**

“列宁的祖籍并不在辛比尔斯克，他的祖父尼古拉 · 互西里耶维奇 · 乌里扬诺夫是一个穷裁缝，过去是个农奴，住在位于伏尔加河流入里海的入口处旁边的阿斯特拉罕。在祖父 50 多岁时，他同一个不识字的卡尔梅克人的女儿安娜 · 阿列克谢耶夫娜 · 斯米乐诺娃结了婚。卡尔梅克人是蒙古族的一支，在俄罗斯境内过着游牧生活，信奉佛教。他们的脸盘宽大，又圆又平，肤色呈黄褐色，他们的眼睛有着蒙古人的特征。列宁那宽宽的颧骨和外斜视眼说明混入了亚洲血统。苏联有关列宁的传记中，把列宁描写成从种族来讲是一个纯粹的俄罗斯人，而关于列宁的祖辈是非俄罗斯人这个事实，却加以隐瞒。”

以上说法力图证明列宁的族系属于欧亚混血，与蒙古族有着亲缘关系。

这又是一段已难用科学证实的野史，令人不置可否。据说斯大林同样也有蒙古族基因，这与蒙古统治斯大林家乡格鲁吉亚是分不开的。下面要去的格鲁吉亚正等待着我们，此乃后话。

阿斯特拉罕城里面有很多的古旧房屋，外墙的木质结构斑斑驳驳，有的门口还保留着建造年代。最古老的房屋现在仍然有人住着，有的已经超过了百年。这些古旧房屋里面是否也隐藏着不为人知的俄罗斯祖先的记忆呢？

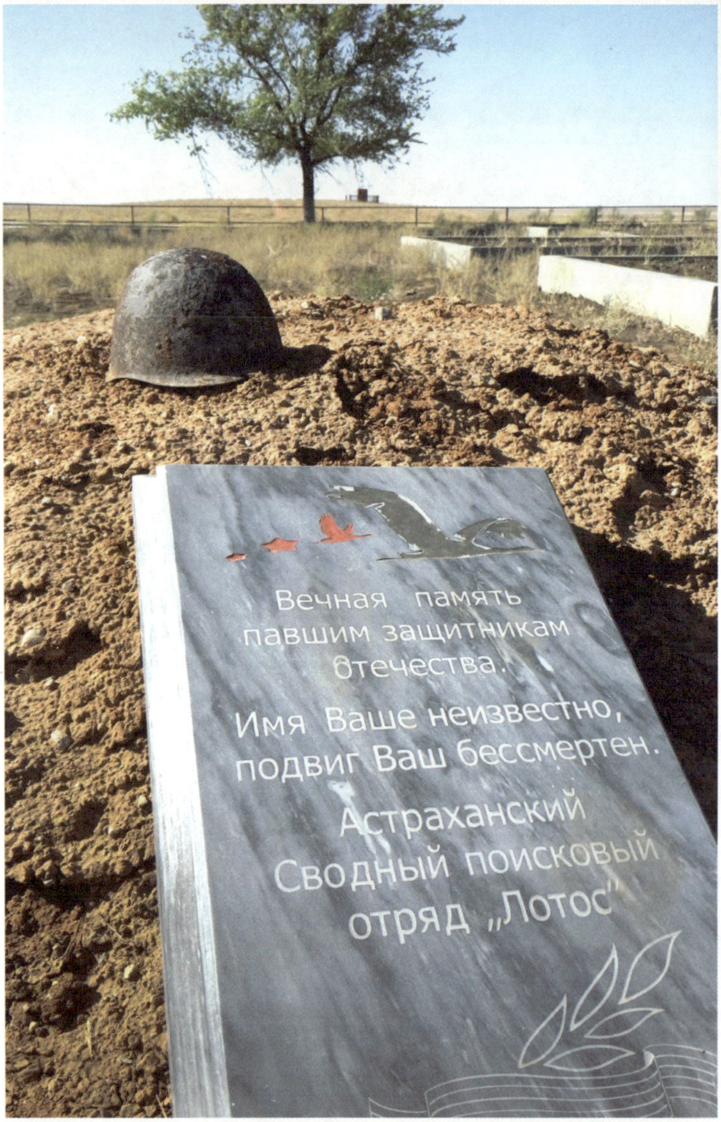

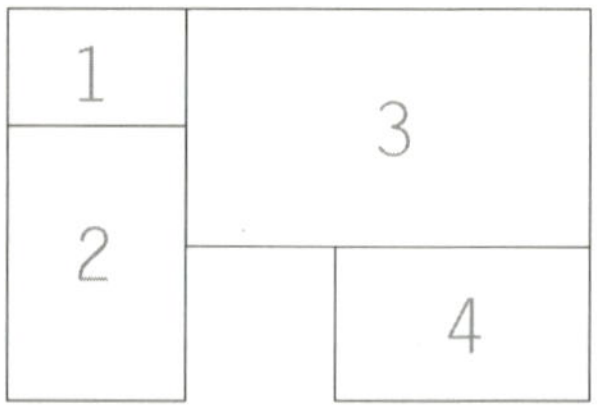

1. 阿斯特拉罕人去屋空的传统老屋

2. 五山城途中的“二战”英雄墓地

3. 进入阿斯特拉罕时已夕阳西下

4, 五山城开有轨电车的漂亮女司机

· 俄罗斯阿斯特拉罕和五山城

ЛЬТУРЫ

五山城·一段故事、一起事故与一处纪念碑

“9月30日，7点，早餐。8点，车队来到克里姆林宫边上的列宁雕像广场，限时15分钟！然后向五山城进发，继续今天730公里的路程。”今天的日记是这样开头的。

张巍，是最优秀、令我印象最深刻的向导，他那黝黑粗犷的外表下隐藏着相当细腻的部分。他来自中国山东，23岁时的人生目标是到法国留学，却阴差阳错地来到了俄罗斯。为了学好俄语，他交了当地的一个女朋友，刻苦加天赋，3个月后便能简单交流应付日常生活了。从他滔滔不绝的大段大段讲述俄罗斯的历史中，不难发现，他是个思维敏捷、记忆力强、条理清晰的人，他讲的故事从俄罗斯起源，到叶卡捷琳娜女皇，再到彼得大帝，娓娓道来，出口成章：

“俄罗斯”的发音是格勒斯亚，它的历史可以分为两段，第一段叫留里克王朝。说到俄罗斯历史，可以从它的起源说起。它是从欧洲一个大的民族体系分离出来的，这个民族体系叫作斯拉夫人。正统的斯拉夫人是金发碧眼、身强体壮、人高马大。今天的俄罗斯人和正统的斯拉夫人有些差距，现在的俄罗斯人的头发基本上是棕褐色，眼睛是蓝灰色。不过他们的孩子在刚生下来时，由于显性基因，起初还都是金发碧眼，非常漂亮，但随着孩子渐渐长大，他们的头发会一点点地变成棕褐色，眼睛也变成蓝灰色，等他们老了时就更加明显，显现出蒙古族血统。所以说，现在的俄罗斯人是从斯拉夫和蒙古族基因混合出的一种独特血统。

最早的斯拉夫人是生活在多瑙河沿岸的游牧民族，因未形成强大的文明，经常被日耳曼人和高卢人欺负，并被抓去当奴隶。整个斯拉夫人的分裂和咱们中国也有直接关系。当年匈奴人和突厥人想要进攻中国中原大地，被从汉武大帝时就开始修筑的长城阻挡在外，于是突厥人决定向西进军。正巧当时古罗马帝国分裂，分裂出来的拜占庭东罗马帝国就成了突厥人的袭击目标，长年征战最终被突厥人攻下，那个地方就是今天的土耳其。因此，斯拉夫就被冲散成了三个部分，即南斯拉夫、东斯拉夫和西斯拉夫。南斯拉夫现在以保加利亚为代表，西斯拉夫以波兰人为代表，东斯拉夫在向东迁徙的过程中仍然处于散居状态，这片区域的部落演变成一个个公国并演化出来了乌克兰族、白俄罗斯族和俄罗斯族。

话分两头，为何又分化出一个白俄罗斯呢？因为在他们的信仰和宗

教中，白色代表高贵、纯洁，白俄罗斯意味着“被混血得最少的、最纯正的俄罗斯族”，如果你们有机会去乌克兰、明斯克的话，你们会在那里看到金发碧眼的纯正的斯拉夫族血统族人。在这个过程中，东斯拉夫部族就在顿河、伏尔加河这一大片流域生活。

在862年，东斯拉夫各部落为争夺权力而内战不休，使各部筋疲力尽，于是他们商议寻找一位王公来治理各部，裁决纠纷。在他们眼中，住在北欧斯堪的纳维亚的瓦良格人精明能干，秩序井然（“瓦良格人”意为商人，是东斯拉夫人对斯堪的纳维亚半岛的日耳曼部落人的称呼，芬兰人则称他们为罗斯人，意为北方人。瓦良格人以海上掠夺和贸易为职业），于是邀请瓦良格人首领留里克当他们的大公。留里克王朝由此开始……

“怎么样，讲得还算清楚吧？”张导问。

“停车！停车！”又是后面车传来的声音。一行人正洗耳恭听张导的故事上瘾，后面车突然间出事故了，故事被无情地打断。

阿依旨开的④号车传来消息，刚才在驾驶过程中，④号车的前风挡玻璃被对面车辆崩出的石子打碎，车队再次遇险。这次大家镇定了许多。查看之下，玻璃被砸开巴掌大的蜘蛛网样的碎纹。据说当车速达到120迈时，车窗必定会被石子穿透伤及司机，后果不堪设想。阿依旨也算是万幸，只是开车时的视野受了影响。车队技术保障吴爽考虑，是否要让祖国后方将前风挡玻璃空运过来，最后还是作罢。这块花纹玻璃后面的阿依旨老兄在之后的驾驶中，更多加小心了！

中午，车队在大路旁一个屹立着“二战”纪念碑的山坡下小憩。趁着车队加油的空当，我穿过公路爬上山坡。纪念塔主体由两块十几米高的刺刀状的几何构件组成，上面刻着“1941~1945”。这是纪念发生在阿斯特拉罕荒野的一场与德军坦克的殊死战役，战役最终以苏军获胜结束。这场战役，苏军付出了极大伤亡。后人在此地安放了一处处墓碑，有的墓碑上镌刻着阿斯特拉罕的市花——荷花，以此来颂扬他们。

俄罗斯在“二战”中牺牲了数千万的士兵，这些士兵的背后是无数因失去亲人而悲痛万分的家庭。至今，在战场周围仍能拾到当年留下来的锈迹斑斑的钢盔与弹壳，人们把从附近捡到的钢盔就势安放到墓碑旁，继续守护着长眠的战士们。纪念伟大卫国战争题材的雕塑在苏联时期的建造数目是巨大的，如今俄罗斯也并未因苏联的解体而停止“二战”题材纪念碑的建造，这些都体现了俄罗斯人民对在战争中付出生命的英雄们的无比崇敬之情。

1941
1945

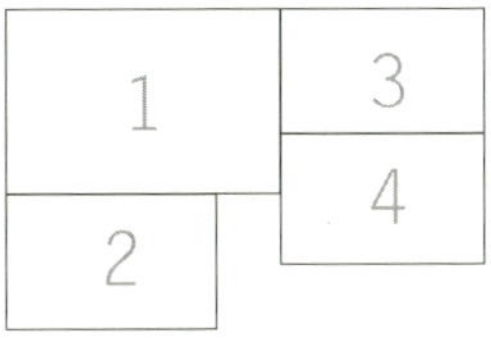

1. 忠于职守为有轨电车搬道岔的大妈
2. 五山城途中的“二战”英雄纪念碑
3. 五山城的清晨，等有轨电车的人们
4. 阿斯特拉罕市老式公交车的售票员

·俄罗斯五山城和阿斯特拉罕

在这个战火硝烟散尽的时代，很多人都无法理解当时人们为何会选择舍身赴死，而不是苟且偷生，很多人甚至已经淡忘了，是他们以生命为代价换来了今天的和平生活。俄罗斯人民最令我尊敬的一点是他们对于英雄主义的崇尚，这种尊敬与 GDP 无关，与国家贫富无关，这种英雄主义精神不仅体现在那一座座纪念碑里，更渗透在民族文化的血液里。

此时此地，站在墓地高高的山冈上环视当年一望无际的战场，蓝天白云之下，微风和煦，我以深深的敬意向在世界反法西斯战场中牺牲的英灵致敬。

走下山坡时，一只游荡于此的灰色野狗一直跟随在我左右，不停地摇动着它那细长而斑秃的尾巴。

埃利斯塔市的蒙古族大餐 · 到达五山城

中午，伴随着张巍向导两个多小时的俄罗斯精彩故事讲解，车队路过了埃利斯塔市，短暂停留，享受午餐。

埃利斯塔市建有多座喇嘛墓地和佛塔，被认为是佛教中心之一，如东正教教堂、天主教教堂、基督教教堂，等等。这些都已无暇顾及，但是我却被这里居住的人深深地吸引。

这里一多半居民是卡尔梅克人，也就是上文提到的列宁祖母的族属。他们是蒙古族血统的土尔扈特后裔，直至现在还保留着卡尔梅克自己的卫拉特蒙古语。埃利斯塔市坐落在卡尔梅克草原的中央，是卡尔梅克共和国首府。这里处于里海沿岸盐碱地带，地表水极少，张导说，这里的地下水也不能吃。

卡尔梅克人属于蒙古土尔扈特部，从 1628 年开始，游牧于伏尔加河下游一带。当沙皇俄国的势力扩展到伏尔加河之后，土尔扈特部族便处于俄国的压迫之下，并被强迫改信东正教。通过不平等条约取得经贸特权，后来沙皇俄国不断向土尔扈特部征兵，用于对奥斯曼土耳其作战，造成部族人口大减。这激起了土尔扈特人的反抗，部分土尔扈特部在首领渥巴锡的率领下东归故土，遭俄军和哈萨克人拦截，死伤无数，最后只剩几万人千里跋涉，于乾隆三十六年冬终于到达中国新疆境内，完成了历史上一次伟大的迁徙。

电视剧《东归英雄传》里描述的就是这个迁徙的故事，引发了人们对那段历史的回味与幽思。其他未能东归的人则留在伏尔加河下游地区继续受沙俄的统治，今天我们看到的就是他们的后裔。

这里曾在1920年成立了卡尔梅克自治州，1935年成为自治共和国，1943年自治共和国建制被撤销，1957年重设自治州，1958年又重新恢复自治共和国。就这样反反复复，直至最后苏联解体升格为现在的俄罗斯联邦内的共和国。

在卡尔梅克人的餐馆里，我们竟然吃到了久违的牛肉馅饺子！饺子个大馅足，大家吃得个个红光满面，满嘴流油，服务员忙得跑前跑后，应接不暇。大家吃着饺子，看着这些蒙古族面孔的姑娘，以为回到了久违的祖国。

那饺子的味道固然好吃，但仔细咂摸，感觉跟我们的饺子味道到底还是有不同，馅里缺少葱与姜。再一想，这里人们的面孔虽和我们很接近，可终究是俄罗斯境内遥远的南方，说的是卡尔梅克自己的蒙古语啊！

天黑时，我们到达了五山城。明天上午计划参观以温泉度假而闻名的五山城，下午离开俄罗斯到格鲁吉亚。我们下榻的酒店墙壁上布满了五山城那风光旖旎的照片，充满诱惑，令人心旷神怡。

晚饭后，几个队友摸黑出去拍摄了。周怡然、刘俊梅、王思维几个搭伙去超市购物，准备明天路上的吃食。队长们正在因行程拖延而发生的酒店违约费用对酒店交涉，大家郁郁寡欢，结果不得而知。我回房间洗澡休息时，卫生间又断了水，一打听才知道是附近水管设施崩溃，这才想起刚才四个水管工在路灯下的水井边维修的一幕。

而明早观赏五山城这事我看又有点儿悬了。

果然不出所料，观赏五山城的计划取消了，昨天还可以看到的五座山峰今天一早就被阴云笼罩，一片茫然。队员们可以心无旁骛，队伍正好赶路。

第二天是10月1日，在五山城这里，我们当然看不到丝毫节日的气氛。酒店右面是有轨电车站，等车的人并不多。这里的人们10点上班，起得早的还是那些老人。我看到一位六七十岁的老奶奶每隔10分钟便从站台的调度室里出来，手拿铁棍，身穿橘红色的坎肩，躬着弯弯的身躯用力撬动铁轨，各路有轨电车在她的搬弄下各行其道。老人这么大年纪还如此忠于职守，坚守在扳道岔的岗位上，实在令人感慨。

中午车队开到一处峡谷，这一带属于高加索山脉，两面大山之间有一条宽阔的河流，我们终于从平原来到了高山峡谷，山腰之上仍然是雨雾缭绕，路旁有山泉水从山石间潺潺流出。张导说这处山泉甘甜清冽，堪比超市里的矿泉水，但喝无妨，于是队员们纷纷享用路边这股清澈的泉水，然后就地午餐。

下午4点，车队到达俄罗斯和格鲁吉亚边境，顺利过关。我们告别了向导张巍，告别了俄罗斯。

4 格鲁吉亚
Georgia

格鲁吉亚·上帝眷顾的酿酒民族

格鲁吉亚国家虽小，却是古丝绸之路和现代欧亚交通走廊的必经之地，这点似乎很容易被人疏忽。

从地图上看，格鲁吉亚左临黑海右接里海，南北又被大高加索与小高加索的横向山脉完美地夹在中间。当西边度假胜地黑海的湿润水气飘来，这块土地上的野花便开得尤其艳丽多彩。

车队在苍茫的高加索山巅之上盘旋时，我们感受到任何的描述在这气势磅礴的山水面前都显得苍白无力。傍晚，霞光下彩云朵朵，空旷的视野、起伏环绕的盘山道、葱茏的树木、清新的空气，山坡上绿草如茵，牛羊漫步，队员经过十几天戈壁荒原的长途跋涉对这里无不一见钟情，沿途风光给了我们最好的犒赏。当首都第比利斯华灯初上的时候，我们到达了酒店。

10 月 2 日凌晨，我收到一条短信："邱哥，快到顶层来。"

我睡眼惺忪地爬到酒店顶层，看见爱摄影的帅毅、小毛正在极目远眺，他们比我起得还早。顶层是个不大的餐厅，但却有一个很大的观景平台可以俯瞰湍急奔流的库拉河，这是他们昨晚就瞄上的好地方。源于亚美尼亚高原的库拉河将第比利斯一分为二。此时霞光万道，沿河而建的第比利斯城因此而得更加娇媚夺目。

眼前这座未被现代工业污染的城市正是一处令人向往的世外桃源。

"格鲁吉亚"既是国名又是民族名。有关格鲁吉亚，人们用这样一个神话故事来形容它的得天独厚：

上帝在给世界各民族分封土地时，贪杯的格鲁吉亚人因醉酒而姗姗来迟，等他们赶到上帝面前时，世间的土地已被分封一空。于是，格鲁吉亚人恳求上帝再分一块地给他们。上帝问："你们到底为谁喝得这样大醉，连土地也不要了？"机智的格鲁吉亚人嘴甜，回答："为了上帝您啊！"上帝一听非常高兴，于是将藏在胸襟里那块留给自己享用的最好的土地分给了他们。因此，格鲁吉亚也被称为"上帝的后花园"，而第比利斯就是这个花园里的明珠。

葡萄酒商店对面就是圣三一大教堂 · **格鲁吉亚第比利斯**

格鲁吉亚因得天独厚的地理位置而盛产优质的葡萄，这里也是世界公认的葡萄酒发源地。1965 年，苏联对格鲁吉亚出土的 10 粒葡萄籽化石进行研究后发现，它们是 7000~8000 年前人工栽培的葡萄品种，是人类历史上最古老的葡萄！

据权威的书面资料《牛津葡萄酒手册》记载，葡萄酒发源于南高加索的肥沃村庄，目前格鲁吉亚皇家博物馆里，陈列着 7000 年前酿造葡萄酒的黏土罐子和葡萄籽。当然，格鲁吉亚还保留着传承数千年古老而独特的在大陶罐里酿造葡萄酒的工艺，以及众多优良的葡萄品种，其中萨别拉维葡萄被誉为格鲁吉亚葡萄酒酿造的珍珠，该葡萄品种因其饱满的红宝石色和富含花青素而得名，味道平衡。萨别拉维酿成的葡萄酒可以在 4~30 年间保持酒的高品质。但由于萨别拉维葡萄只生长于高加索地区，所以几百年来，格鲁吉亚葡萄酒的产量一直不能扩大，这使格鲁吉亚葡萄酒更显珍贵，在独联体、欧洲地区享有极高的声誉。他们公认，格鲁吉亚出产的葡萄酒才是世界上最好、最纯的酒，而不是

从餐厅的观景平台可以俯瞰湍急奔流的库拉河 · **格鲁吉亚第比利斯**

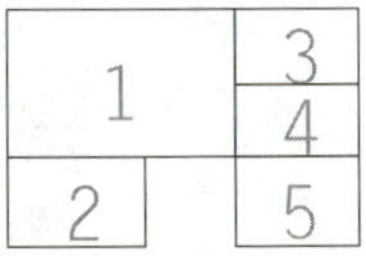

1. 圣三一大教堂神父
2. 圣三一大教堂外景
3. 教堂内高大的穹顶
4. 亲吻圣像的女信徒
5. 大教堂门口的老妇

·格鲁吉亚第比利斯

祈祷中的美女 · **格鲁吉亚第比利斯**

什么法国葡萄酒。

历史上沙皇统治了格鲁吉亚两百多年，他们除了这里酿造的美酒哪儿的也没看上。不言而喻，格鲁吉亚人因此源源不断地为沙皇帝国供奉了两百多年他们酿造的美酒，即使到了苏联时期，格鲁吉亚葡萄酒仍然是国宴用酒。

格鲁吉亚人与葡萄酒就像中国人与茶一样，在古老的文化发展史中难舍难分。在今天，家家有自酿葡萄酒习惯的只有格鲁吉亚人。我在格鲁吉亚也曾有幸看到，乡村道路两侧自家院落的门口，一个个装着散装葡萄酒的大玻璃细口瓶子的小摊位，在葡萄酒的映衬下，正发着琥珀色的美丽光彩引诱着路人。

格鲁吉亚人因为盛产美酒而爱喝酒，也因为爱喝酒而盛产美酒，前面那个神话故事除了反映格鲁吉亚人与酒的关系之外，还反映了他们和上帝的“特殊关系”。格鲁吉亚这个曾经的苏维埃联邦国家现在仍然信奉东正教，在今天，他们的宗教感情依然深厚。正如格鲁吉亚国旗上的标识一样，白地上是一个大大的红色十字架以及边上四个小十字架。

在首都第比利斯，随处可见教堂。圣三一大教堂位于第比利斯伊利亚山上，这座建筑主体高近 100 米，是格鲁吉亚最高的东正教教堂，城里很多地方都可以远远地望见它那大金顶。这座新教堂建于1995~2004年，用了将近9年的时间，

格鲁吉亚第比利斯·晚上街边纳凉的一家人

是格鲁吉亚自苏联解体以后，有史以来修建的最大的教堂，规模位居世界前列。大教堂周围还包括钟楼、小礼拜堂等建筑，现在是格鲁吉亚东正教最主要的教堂。

教堂可以自由出入。当时教堂里除了我们几个蹑手蹑脚的队友和三两个来做礼拜的人之外，就只见到三个神父正在做着日常的礼拜。一个神父手抚《圣经》正以低沉的男中音唱着圣歌，歌声余音绕梁。

这时候一个头戴红色头巾，身穿黑色长裙的年轻女子吸引了我的注意。女子正在默默地祈祷，弯弯的眉毛，大大的眼睛里透露一丝忧伤，那神情犹如提香的名画《怅悔的玛德琳》，只差一滴泪水挂在眼角。她那水灵灵的眼睛时而仰望圣像，时而低垂，一只手在胸前划着十字，嘴中念念有词。她的美丽竟让我一时无法用语言来形容。我真不忍心打扰她，但又不能放弃这个拍摄的机会，于是我尽量轻轻地、远远地围绕着她完成了一幅“祈祷中的美女”。她发现我的时候，并没有责备我，反而是一丝羞涩的笑容浮在了她的脸上，那种娇羞之美不可言喻，那一瞬间的感觉好似喝了令人陶醉的美酒，让我至今难以忘怀。当我回过神来仰望教堂穹顶，巨大的壁龛里画着一幅尚未完成的耶稣像的线描画稿，那耶稣透过脚手架似乎向我眨了眨眼睛。

格鲁吉亚人的幸福生活源于美酒和上帝，他们之间的关系确实密不可分，这点让我确信不疑的理由是，刚一走出圣三一大教堂，就遇到了教堂对门一家经营葡萄酒的商店。队员们很快被这家葡萄酒店吸引过去，店内的葡萄酒琳琅满目，大家很快缴械并掏空钱袋，看上去比喝了美酒还快乐。

透过葡萄酒瓶组成的五彩斑斓的橱窗的光影，可以看到对面教堂门前悬挂的耶稣像，眼前这幅葡萄酒瓶与挂着金色耶稣画像的教堂交相辉映的璀璨场景，不禁使人感慨：聪明的格鲁吉亚民族真不愧是善于以美酒的名义在上帝面前“争宠”！格鲁吉亚真是一个被上帝眷顾的地方。

斯大林故乡哥里 ·“啃卡哩”与“中国包子”

今天晚上必须到达格鲁吉亚的滨海城市——巴统。中午经停哥里，天空多云。

前面提到过发源于土耳其并流入里海的库拉河把第比利斯分成了新城和旧城两个部分，车队行驶时忽见河边旧城这一侧熙熙攘攘、人头攒动，原来边上是一处跳蚤市场。这时候队长曾凡人如点着的礼花，一下来了劲头，不等其他队长发声就一声令下："大家靠边停车！停车！休息 20 分钟，上厕所。"这一路终于有了曾队感兴趣的事物并且特地为此停下车。后来得知，老曾酷爱收藏，是个收藏爱好者，这个淘宝的机会理所当然地绝不能错过。另外两位队长也随机应变，干脆留下几名队员就势找附近加油站把油给加了。当然这次"上厕所"也正合我意，终于可以和当地人打成一片了。

在我们眼里，异国他乡的东西无论新旧，总能引起我们的兴趣。地摊上的物品小到邮票、打火机，大到马鞍、军刺，那些西洋图案的瓷器、军服钢盔、俄式茶炉、钟表手表、刀具餐具，甚至扳手、钳子等日用品都让人眼花缭乱，琳琅满目不一而足。20 分钟"上厕所"的时间过后，大家各有所获。曾队抱着一个俄罗斯式铜茶炉喜气洋洋地回来了，他将茶炉往库拉河边的矮墙上一放，拉着队友一起过来欣赏。古铜色茶炉锈迹斑斑，凹凸不平，招来队友们好一通赞美。队友王帅毅花了相当于 300 元人民币买了一台小型电影摄影机请我长眼，"这个摄影机的品牌叫'泽尼特'，产于七八十年代的苏联，那段时期苏联的轻工业、重工业以及机械制造业非常发达，虽然看上去产品的设计显得粗糙，但相当实用。这玩意品相完好，价格不贵，值得收藏。你看里面还带着 14 毫米胶片呢……"我向他卖弄着这点收藏知识，自己却花 100 元人民币买下一个酒神故乡格鲁吉亚特色的镶银的葡萄酒牛角壶留作纪念。

中午吃饭车队停在了哥里，它是第比利斯至巴统的必经之地。在这里，我们有幸遇见了一种美食，而且令人十分惊讶，一大盘热腾腾的美食一端上来我就联想到了咱中国的包子！再一尝，满嘴滚烫的羊肉或牛肉的混合肉汁，整个就是咱扬州的灌汤包。区别只不过就在于它是用水煮熟的，包子收褶处留有一个大大的死面疙瘩，个头也比咱们的包子大了很多。这就是当地的一个很著名的传统美食，格鲁吉亚人叫它——"啃卡喱"（Khinkali）。

都说一方水土养一方人，但又如何解释相隔如此遥远的两个地方怎会有这么相同的吃食呢？这灌汤包怎么来到格鲁吉亚又变成他们的传统美食了呢？当问到这种吃食的来历时，连向导也回答得模棱两可。我忽然来了灵感，既然当初"丝绸之路"都能从遥远的中国远道来到这里，这做包子的手艺随丝路上的商人传来恐怕更不是件难事儿。没准儿在几百年前有哪个会做包子的中国"驴友"忘了带面肥，因地制宜地把包子做成这样，况且捏包子褶的手艺欠佳，最后捏成了死面疙瘩，继而顺其自然地演变成了现在这种叫"啃卡喱"的东西也有可能。不过这东西吃起来倒是满口留香，尤其是在我们饥肠辘辘的时候又不

两个树下休息的男人· **格鲁吉亚哥里**

懂得讲究，连包子鬏鬏也一口吞下去了。

“啃卡喱”原来在当地是可以用来下酒的，此时适合把中国那句俗语改一字就是：“包子就酒，越喝越有。”我看当地人吃“包子”最后都会把这包子鬏鬏剩在盘子里，却不会把那杯底的酒剩下，扬起脖子将酒一饮而尽，酒足饭饱后扬长而去，吃得那叫一个讲究。“啃卡喱”的由来也许是格鲁吉亚人的一个“不可告人的”秘密，说不定哪一天，格鲁吉亚人心血来潮向韩国人对待泡菜那样把“啃卡喱”申报成世界文化遗产也未可知。

趁着大家还没吃完，我抓紧时间到饭馆四周溜溜。隔壁有一家小型古董店，里面有两个女人打理着钢盔、勋章、军服、大檐帽之类，全是“二战”留下的遗物。另一家是夫妻俩经营的烤馕店，男人正在往大馕坑里贴面饼，那女人在窗口照应着三两个客人。男的满身满脸沾着汗和面粉，像二人转演员一样，手里舞动着生面团冲我憨笑，女人则一言不发，脸色绷得紧紧的，我察觉出我的拍照妨碍了他们做生意，赶紧鞠躬走人。再向前方走，我看见一家中型超市，一整面玻璃墙由上而下，贴着一张巨大的斯大林半身画像，画像的侧下方是超市大门，人们好像是从斯大林的胳肢窝下出来进去，远远看去好不奇怪。当时我并没有

格鲁吉亚库塔伊西·街头景象

意识到斯大林和这个哥里小镇有什么关系。车队启程不久，格鲁吉亚向导阿豪抓起话筒开讲：

哥里位于格鲁吉亚库拉河畔，是什达·卡特利州的首府，由格鲁吉亚最伟大的国王大卫四世建立。哥里市人口只有5万左右。哥里位于格鲁吉亚中部，所以哥里人自豪地称自己的城市是“格鲁吉亚的心脏”。咱们刚才吃饭的餐馆旁边不远处就是斯大林的故居，苏联大名鼎鼎的人物斯大林就出生在哥里……

我这才恍然大悟，想起刚才超市前巨大的斯大林画像。阿豪早不提晚不提，偏偏车子一开出城便开始例行公事地介绍起哥里与斯大林的故居来了，令人急不得恼不得。或许他关心的是大家在哥里滞留会耽误下一段路程。

历史上格鲁吉亚就是一个强悍的民族，令这个国家最感自豪的事是：格鲁吉亚诞生过当代史上的著名人物——斯大林。1879年，斯大林诞生在哥里市一个普通农民家庭，父亲是个鞋匠。16岁在第比利斯上东正教会学校，这期间他接触到一些革命书籍，并深受马克思主义影响。斯大林原名约瑟夫·朱加什维利，是英雄后代的意思，具有典型的格鲁吉亚风格。后来因参加革命而多次被捕流放各地，在狱中他给自己改名为斯大林，就是钢铁的意思。“二战”时，他的作为苏联坦克兵的长子雅科夫·朱加什维利被德军俘虏，希特勒要以他换回一名德国高级将领，被斯大林拒绝，最后儿子雅科夫在狱中神秘死亡。从这件事中也可看出斯大林个性中冷酷刚强的一面。从参加革命到取得权力，从国内建设到“二战”时期，直至晚年逝世，斯大林都是一个饱受争议的人物。列宁去世前认为斯大林残暴不仁，所以遗嘱并没有将他立为接班人，但他仍然运用手段获得了最高领导权。1953年3月5日，斯大林因脑溢血病逝。斯大林的死有人认为是谋杀，但目前官方仍没有解密。现在当地人认为，斯大林当政时并没有给格鲁吉亚带来什么利益，但仍然不愧为一个伟人。

没能参观到斯大林故居，我心里终是耿耿于怀。大家千里迢迢远道而来，却又一次遗憾地与历史人物擦肩而过。

穿过格鲁吉亚第二大工业城市库塔依西，这座曾以汽车、拖拉机制造、石油和天然气设备为主的工业城市，如今看上去已经非常老旧了。特别是苏联解体后，当年出产优质钢材的工厂纷纷停产倒闭，失业率激增，原来的很多钢铁厂废弃，到现在仍有一些没钱拆除的厂房留在路边，灰头土脸的，看上去有如熟睡的乞丐。库塔依西市容不整，相当于国内不太发达的三线城市。从车窗向外看，可以看出人们在懒懒散散地做一些小生意，其萧条状况可见一斑。这也是苏联时期格鲁吉亚工业留下的后遗症吧。

事实再一次证明，向导阿豪中午的决策无比正确，当天晚上9点，马不停蹄的车队如期到达了紧邻土耳其边境的海滨城市巴统。

雨中巴统·我的队友们

巴统市坐落在著名的黑海岸边，这是一座被丰茂的植被覆盖，拥有湿润的海风的城市。夜晚，赌场霓虹闪烁，充满着神秘的浪漫气息。

我坐在酒店四层的阳台上，可以远远地观赏月光下的海平面，我听到了不

如狮吼般的海岸涛声 · **格鲁吉亚巴统**

远处大海低沉的涛声。外面淅沥沥地开始下小雨，地面闪着湿润的微光，我左手捏一瓶“偏二”，右手攥一根俄罗斯美味香肠，“一带一路”的旅行到目前为止是我身心最感惬意的时刻。今夜，我将听着涛声入梦。

故事讲到这里，我们万里行车队已经走过了三个国家，刚好走完一半里程。关于“一带一路”的队员们，除了开始和我一道出发的老孙和曾队有所提及，对其他队员尚欠交代，其实，在这次非凡的长途旅行过程中，所有队友艰苦卓绝的出色表现无不令人感动，每个人都发挥着不可替代的作用，他们心中也有自己的梦和精彩的故事。所以不如在我写这段惬意段落的时刻，把这些可爱的队友请进来，加以大致描述。

先从龚正开始，碰巧今晚他和我同住一个房间，此时，他正在为车队那一堆乱麻一样的车载通信设备充电。

龚正

前面介绍过，龚正作为这次“一带一路”的车队向导，负责安全保障工作，同时他又是一位地震灾难救援专家，这担子实在不轻。龚正三十来岁，瘦高的个子，浓眉大眼，看上去精明干练，行动迅速敏捷，办事雷厉风行，就连吃饭也匆匆忙忙。可以毫不夸张地说，他每天起得比大家都早，这踢踢、那看看地检查巡视每辆车的安全和通讯状况，安排大家行李的合理安放。收工比大家都晚，检查车窗关闭情况，收回各辆车的车钥匙和需要充电的通讯手台，他的身影似乎总是围绕着车在转，他管理着车辆的停靠安放、调配调度，井井有条，他对这 8 辆车的行驶状况了如指掌，显示出了一定的专业技能。

刚才他在整理行李箱时，里面暴露的一堆器材让我大开眼界：有看上去很细但牵引力大得惊人的专业救援绳索、奇形怪状的金属钩链等，这些我叫不上来名字的户外装备已经把箱子塞得严严实实。他恐怕是唯一一位没有携带相机的队员，因为他的精力不在这个点上。

龚正处事作风注重实事求是，平时不苟言笑，一旦引来话头，他会滔滔不绝，特别是涉及他的专业领域。当谈到车队驾驶的车子，提到现在 SUV 的车头、翼子板、发动机罩材料越来越软是否安全等这类话题时，龚正来了兴致：“人们通常认为车辆钢板越厚越重车辆就越安全，其实这是一个错误的概念。”龚正的口气不容置疑，“首先我要告诉你‘吸能’这个概念，在车辆撞击中，通过车身的变形吸收撞击的能量可减少传递到车舱内的冲击，从而最大限度地保护车内的人员，这是现代汽车设计中运用的被动安全概念。现代行车安全不仅要保护车内人员，还得考虑保护行人安全，通过缓冲材料来达到内外共同安全的目的。试想一下，如果车子周身全是钢架结构，'哐'的一下，撞击后的能量直接传导到人体，那会带来多么严重的伤害？现在很多车的翼子板都采用弹性工程塑料，这成本可比厚钢板高多了。如今节能环保减排也是汽车设计中必须遵循的理念，轻量化的汽车经济性能更优良……"

龚正一番话说得我心悦诚服。睡觉前，他从兜里拿出一辆红色的玩具小汽车摆在床头柜上，他说，这是在途中某个加油站为他宝贝儿子买的。

曾凡人

初次见到曾凡人是在驻北京的哈萨克斯坦使馆排队等候面签的时候。老曾虽然 52 岁了，可仍保持着灵活精壮的身材，当时他身穿胸前绣着保时捷标志的红色夹克运动外衣，黑色运动裤，红色高帮羊皮运动鞋，假如他脖子上再挂上一只哨子，大家会认为曾凡人一定是某项目的运动教练。最具特色的是他的脑后扎着一个马尾辫，颇有一番亚洲"车神"的翩翩风度。他默默地排在队伍

兴奋的队员们 · **哈萨克斯坦**

里却非常显眼，光看外观就知道，他一定就是这次“一带一路”万里行的领军人物。

老曾军人出身，湖北人，从小就喜欢开车，对在部队里当驾驶员的那番经历心存感激。他在部队练就了高超的驾驶技能，复员后艰苦创业，闯荡江湖，最后心随所愿地成了一名可以驾驶各种车辆的特技表演演员。他见人就把手机里的视频播放给人家看，视频里老曾或是驾驶摩托车飞身从并排几辆汽车上飞腾而过，或是将汽车车身侧翻用两个轮子着地蛇行穿过障碍，技艺超群，表演惊险迭出，看得人眼花缭乱，啧啧称奇。

曾队幽默开朗但不善言辞，一路虽然段子不断，但能引起大家共鸣的却不多，而且他总是将带有浓重湖北口音的“注意安全”四个字挂在嘴边。他的另一个口头禅是“一带一路，我们来了”。曾队有一个最大的爱好，但凡到了一个新奇的地方或一个新认识的人，总喜欢拉着人给他们合影留念，尤其是当大家在某个景点合影时，他的怀里常常预备着印有各种颜色文字、LOGO的小旗帜，像变魔术般地一个个展现在相机面前。当大家将要散开时，另一个小旗子又冒了出来，于是大家不得不重新站齐和新来的小旗帜合影，引得队友们哈哈大笑。

曾队以前参加过长途汽车拉力赛，所以在车队里年纪虽大，但是一天下来并不比别人显得更加疲劳，他有一个缓解疲劳的良方，就是随身不离巧克力，累的时候便拿出来嚼嚼，据他说，这个东西能使人精力充沛。其实，我见过在大家吃饭的时候他一个人躲在某个角落闭目小憩时的辛劳样子。

袁爱军

袁爱军人到中年，年富力强。他中等身材，四方大脸，在微信里给自己取的昵称叫“袁大头”，与此相契合的是他目光敏锐，头脑灵活，做事细心周到，每当他不经意地用手捏鼻子的时候，看上去总有那么一点老谋深算或者深谋远虑的意味。作为队长之一，他参与“一带一路”日常事务的决策和安排，他的特点是总能把一些生活细节看在眼里，记在心上，忙前忙后地及时解决。

持有意大利护照的老袁已经在意大利生活了十几年，喜欢到处旅游，经常穿梭于世界各地，对意大利的风土人情有着相当深的了解，他在意大利朋友很多，在当地有着丰富的人脉，在车队进入意大利的那段旅程中发挥了很大作用。袁队热爱摄影，经常趁闲暇的时候拿着手机凑到我身边来和我切磋，这次我的多数生活照都是他在我不经意间偷拍的，螳螂捕蝉黄雀在后，照片自然生动，颇具现场感。最后他把手机里有关我的照片用U盘拷了出来，郑重地送给了我留作纪念。

这一趟出行老袁用坏了两部手机，当然肯定不是因为拍照。

周怡然

北京女孩儿周怡然，刚刚 25 岁，是车队里最年轻的队员。我知道她是一名赛车运动健将，曾经参加过中国 UTV 全地形车比赛。她高挑的个子，面容清秀，性格直爽，言谈举止中带着北京女孩儿特有的那股直来直去的冲劲儿，是一个百分之百正宗的北京妞子。在将近两个月艰苦漫长的旅途中，作为一个女驾车手，所要承受的精神和体力上的考验可想而知。在旅途开始最艰难的那段时期，她每天坚持一人驾车从不要求换人，表现了优良的运动素质和她性格中那泼辣顽强、巾帼不让须眉、敢做敢当的一面，用她自己的话说，“我从不需要依靠谁来照顾自己”。我曾和她开玩笑说：“像你这样的北京大妞儿现在已经凤毛麟角了，可以把你作为北京非物质文化遗产保护起来。”

和许多女孩子一样，小周喜欢购物，无论走到哪里，只要她喜欢上的东西一定逃脱不了她的眼睛，最后回国的时候，她推着好几只超重的色彩鲜艳的行李箱胜利返航，一时间成了她闺密们快乐的搬运工。

刘俊梅、王思维、郭娜

三位姑娘看上去各个娇俏玲珑，清新可爱。

刘俊梅长得白净清秀，遇事不慌不忙，不急不躁；王思维稳重大方，踏踏实实，做事有条不紊；郭娜活泼爱笑，积极乐观。郭娜在哈萨克斯坦的工作完成后回国，继续为“一带一路”万里行做幕后工作。她们都来自“一带一路”万里行的主办方——中广德丰，负责此次活动的财务支出、后勤供给保障、综合协调服务之类事务，掌管着车队一行人的吃、喝、住、行，可以说她们是整个车队的后勤大总管。她们秉承女孩子特有的细心周到，事无巨细地默默做着每一件事情。在路途中，每当她们将一盒饭、一瓶水或一只水果甚至一个通知送到你面前时，总会带来一丝温暖，让你似有一股暖流慢慢涌向心头。由于车队事务繁杂，她们每天经常都是在大家熟睡的时候，还在和队长们开会讨论、总结、解决、安排第二天的事情直至深夜，她们对此毫无怨言，第二天仍然精神抖擞投入旅途，她们文静温和的外表下蕴含了一股百折不挠的坚韧力量。

ATTITUDE
ADJUSTMENT

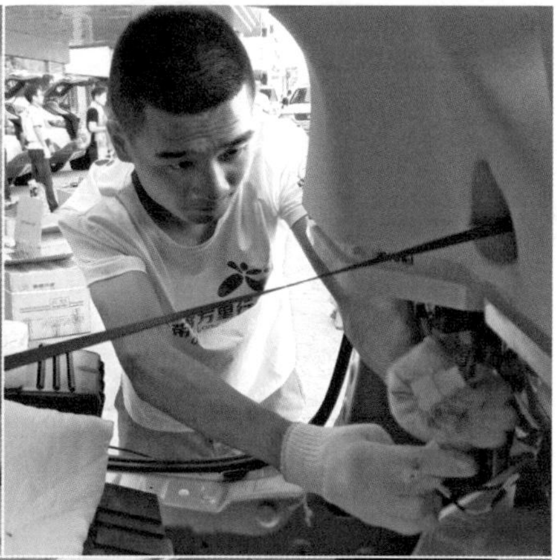

我在路上的队友们

左页图顺序从左上至右下：
曾凡人 龚正 袁爱军
周怡然（左）和王思维 郭娜 刘俊梅
王伟 王帅毅
毛英杰 王寒杰

右页图顺序从左上至右下：
郭金梅（左）和翁周强 段燕君
廖世伟 吴爽
黄诗升 孙晓岭（左）和樊战文（前）
吕文静（左）和闫芳 本书作者（左）

王伟、王帅毅、王寒杰、毛英杰

这几个小伙子都是三十多岁，都来自浙江西风站自驾俱乐部。王伟是这个俱乐部的主要负责人。他的工作在上海，长着一副和他的山东籍贯相符的高大个子，性格直率热情豪爽，有话直说，但凡有事总是一马当先。面对镜头时，他喜欢两腿叉开，双臂抱胸，一副自信满满的神情，直到现在我还记得他在哈萨克斯坦麦田里撒欢儿雀跃的样子。

另外三位来自浙江的小伙儿性格都是文静内向的。

王帅毅个子不高，说话轻声细语有些腼腆，他是一位驾车能手，酷爱摄影，到过国内不少地方，是个典型的“户外爱好者”。无论走到哪，他那整套看上去沉甸甸的装着最先进器材的摄影包从不离身。在土耳其的卡帕多西亚，他用专业的运动相机 gopro 为我们每人拍下了在热气球上珍贵的影像。

王寒杰稳重内向，性情和蔼，是个不错的驾车手，同时又是车队里掌握一定心理保健知识的队员。他遇事总是心平气和、从容不迫，在发出的微信中经常用积极向上的话语来鼓励和安慰队友，对车队起到了积极的引导作用。

毛英杰瘦高个子，性情温和，平时总戴个棒球帽。他家在上海，职业是牙科医师，在他的专业领域有着令人羡慕的成就。这次是他首次作为车手兼队医驾车长途旅行。所幸的是，队伍里除了我有一次闹肚子外，没有发生过更严重的医病事件，他丰富的医疗专业知识其实也只发挥了微不足道的一点点而已。

翁周强和郭金梅

翁周强和郭金梅在车队里是独一无二的夫妻车手。他们两口子来自浙江。在家里，他们有成功的事业，这次他们夫妻双双入队也使队伍变得更加丰富多彩，如此遥远的旅程中他们二人相互照顾，非常令人羡慕。老翁魁梧结实，性格直率；郭姐匀称苗条，细心温柔。老翁喜喝酒，郭姐爱照相，夫妻俩夫唱妇随相映成趣。出发前他们准备得比大家更充分周到，带了很多诸如消炎药、感冒药、方便面、即食小吃和老干妈调料之类的东西，以备不时之需。果不其然，每当有队友水土不服不思饮食的时候，他们带的这些东西一下子变成了宝贝。最后的结果是：路途还不到一半，东西早早被大家一起分而享之了。

我在哈萨克斯坦拉肚子的那几天，有幸吃了郭姐雪中送炭、对症下药的救急药品，这才让我的身体很快得到恢复，最终使我能信心百倍地继续跟车前行。

吴爽、段燕君

吴爽与段燕君是此次“一带一路”万里行赞助方——东南汽车的随队技术人员，同时又是车队驾驶车手。和结实矫健、少言寡语的小段比起来，小爽则显得瘦小精悍、聪明伶俐。我曾试着双手掐住他的细腰，结果是一把就可以将他举起来。他们俩二十多岁，朝气蓬勃，又能吃苦耐劳，对车队驾驶的 DX7 汽车充满自信与自豪，对 DX7 汽车的性能特点了如指掌。一路上，吴爽在车台里讲解这款车时滔滔不绝，表现出的业务水平溢于言表，令人钦佩，他们坚信自己生产的汽车会不辱使命地完成这次艰巨的任务，最后事实证明了这一点。

如果没有他俩对 DX7 汽车的技术保障支持，车队恐难得这样顺利地行进。

廖世伟、黄诗升

他们俩一先一后来到队里，同是来自福建电视台的摄像记者。小黄是小廖在土耳其工作结束后的继任者，他们各自负责前后一半路程的摄制任务。

小廖的性格成熟稳健，随意谦和，颇有一见如故之感。小黄则正如他的名字一样，文静而帅气，性格内敛。作为采访记者，他俩有一个共同之处就是非常敬业，一旦有机会便会操刀上阵，绝不放过任何重要镜头和采访机会。虽然在车队中他们是低调的幕后工作者，每日回宿舍加工整理大量的素材直到半夜，可活动结束后不久，一部十集大型电视纪录片《一带一路，与 DX7 同行》就制作完成了，纪录片真实记录了 72 天的古丝绸之路自驾穿越之旅，深度还原了行程中的历史人文和感人故事，这其中他俩成绩斐然。

在旅途中，看到美好的景色时，我们都有一个共同的迫切需求就是停车拍照，我们也经常为失去采访、拍摄良机痛心不已。

我和小廖闲暇的时候也会相互切磋切磋摄影，为对方抓住的精彩镜头而喝彩。当他结束土耳其的工作行将回国时，作为同行，告别时竟有惺惺相惜、恋恋不舍之感。我们相约：如果他来北京，一定找我喝酒。后来同屋的帅哥小黄告诉我一个秘密：廖世伟也很能喝酒，台里同事因此送小廖一个绰号“撂不倒”。

车队行程中严格来说是禁酒的，特别是对车手而言，所以这次难以尽兴，不知道大家还有没有来日再次相见把酒言欢的机会了！

孙晓岭、樊战文

前面已经做过描述，老孙和我从出发时便已相识，在哈萨克斯坦拍摄的日子里，我们几乎如影随形。后来他和小樊临时改道前往俄罗斯实施着自己的拍摄计划，此时他与小樊还在俄罗斯未归。

老孙出发前便有一个很好的创意，他想完成一项类似行为艺术的摄影计划。他以一段长约数米的宽大的红绸为道具，在到达的各个国家里寻找富有丝路意义的地点或场所，将红绸带的迎风舞动作为主题画面，这样一路下来组成一套完整的摄影视觉体系，最终完成表现“一带一路”万里行这一宏大主题。计划开始时还算顺利，但随着车队停留时间的减少，协助人手的短缺，场地条件的限制，特别是在无风的天气里舞动起老长的丝绸也十分不易，这个计划随着老孙改道俄罗斯而不了了之，之后再也没见着老孙掏出丝绸招呼大家协助实施该项摄影计划。

老孙是个有头脑有创意的职业摄影师，虽然他的艺术行为没有坚持下来，但我仍然认为他的行为非常艺术，他拍摄的以此为主题的几张照片充分证实了这一点。

青年摄影师小樊也有一个摄影主题计划。这个计划就是：在此次“一带一路”万里行走进米兰世博会活动中，他将沿途拍摄以“Hello My Friend”为主题的照片。此主题以握手为媒介，以不同国家、不同民族、不同人物面孔为载体，串联出当下“一带一路”倡议中“丝绸之路经济带”沿线国家的崭新风貌。这之中参与者有各国政要、知名艺术家，甚至是军人、警察，更多的是寻常百姓。小樊通过镜头记录一声问候、一个微笑、一个故事，使“Hello My Friend”成了来自中国摄影师的友谊纽带，意义非凡。我有幸成为小樊“Hello My Friend”的拍摄对象，成为他的“friends”中的一员。

吕文静、闫 芳

来自国旅的两位姑娘，她们是一对不错的工作搭档，姐妹俩负责与当地向导对接，安排我们一行人的住宿，她们此次的工作任务到队伍离开希腊时结束。吕文静的理想是凭借自己的业务技能，趁着年轻完成周游世界各地的梦想，每次带队任务完成后，就成了她自由行的美好时光。闫芳此次行程之后，又要开始俄罗斯、尼泊尔的旅游带队工作。

今早，被洗刷过的巴统海滩显得格外清新爽朗，昨晚难得睡得那样舒适惬意。海滩巨大的涛声低沉洪亮，这种如狮吼一般的海涛声来源于巴统海滩特有的沙滩石子，这种石子大的如鸡蛋、小的若杏子，统统被黑海的波浪击打得棱角全无，滴溜浑圆。所以每当海潮涌来，海水流过石子缝隙，海水便被冲得粉碎，于是那声音犹如巨大的瀑布从天而降，只留下白花花的细浪，“巴统海滩涛声如狮吼”就成了一大特色。

队友们也起得很早，不愿这一路以来最美的时光从此溜走，他们纷纷赤脚踏在有按摩效果的鹅卵石沙滩上，欢呼雀跃。一叶扁舟闲置在海滩，两条耳朵打着记号耳钉的狗围绕在我身边，若即若离地伸着懒腰，天空浮动着厚厚的五彩祥云，变化莫测，演化成各种千奇百怪的形状，一弧淡淡的彩虹划过天际，为美丽的海滩增添了一抹靓丽的色彩。

黑海孤舟搁滩浅，
终得信步半日闲。
且随路途迎变幻，
勿将朝霞做晚霞。

巴统离土耳其边界只有 30 公里，这是我们在格鲁吉亚度过的最后时光。

5 土耳其
Turkey

行驶在黑海沿岸·从特拉布宗到奥尔杜

中午，车队快要到达土耳其边境时，排出将近两里地的一溜大型货车靠在道路一边缓慢移动，等着进入土耳其境内。土耳其为格鲁吉亚第一大贸易伙伴，格鲁吉亚与土耳其双方于 2013 年在边境新建了海关检查站。果然，我们车队顺利通关，看上去双方海关设施也是最好的，人员出关后便可以随通道进入一个规模不小的超市，提供各种免税商品。兑换货币也非常方便，颇具人性化，这使得你的神经很快放松下来，整个通关过程气氛平和。另外，从此往后，也就是从土耳其、希腊，再到目的地意大利，再也未见先前那种森严壁垒、持枪荷弹的边防士兵的身影。这是否因为进入欧盟的缘故？也未可知。

刚入土耳其，景象如变魔术一般大变，同样是黑海岸边，有着直插云霄的宣礼塔的伊斯兰教堂在深蓝色的大海和苍天的映衬下格外醒目，似乎在召唤和告诉你，你已经进入了 99% 的人口都是伊斯兰的真主保佑下的土耳其。

土耳其，这个历史上的奥斯曼帝国，这个从奥斯曼一世在 1299 年建立起来的帝国，这个由穆罕默德二世攻陷君士坦丁堡，灭亡了东罗马拜占庭的帝国，这个在 16 至 17 世纪苏莱曼一世鼎盛时期的地域被扩充到欧、亚、非三大洲的帝国，这个继承了东罗马帝国的文化及伊斯兰文化，使东西文明在此得以融合的辉煌帝国，这个直至今天还在亚洲和欧洲大陆之间、东方和西方之间战略斡旋的既现代又传统的伊斯兰国家，现实情况会是怎样呢？令人拭目以待。

从关口处走来了迎接我们的新导游凯尔。凯尔 26 岁，高高的个子，白皙的皮肤深眼高鼻，头发和眼睛的颜色略微有些发黄，性格温和儒雅，他是从小随家人自祖国新疆来到这的帅哥儿，显然也是个伊斯兰教信徒兄弟。

沿着黑海东南沿岸西行，车队右侧是漫长的墨绿色黑海海平面，左侧是茂密的树木和山脉，大家在一条蜿蜒 300 多公里的途中享受着海风，心情和前半程的艰苦卓绝下所产生的压抑感简直是天壤之别。车队到达了特拉布宗，据说特拉布宗是世界坚果的盛产地。虽然没有尝到这里美味的榛子，我们却在紧靠海岸的露天餐厅，就着黑海的美景，享受了个头儿和门钉肉饼相仿的六块土耳其鲜香浓郁的煎牛肉饼。

傍晚时分到达土耳其海滨城市奥尔杜，在海边酒店下榻。

几个拍婚纱照的年轻人正在海边捕捉着落日余晖带来的美景，美丽的新娘和快乐的新郎在摄影师的摆布下或亲密无间，或翩翩起舞，或双双躺在细嫩的草地上耳鬓厮磨，尽情享受着人生最美好的时光。在这浪漫的奥尔杜海边，她们成了我的镜头下默契而欢快的免费模特，给我这个贸然的异乡人留下了美丽的倩影。

这是轻松美好的一天。

10 月 4 日，早晨的奥尔杜天色晴朗。从奥尔杜的希尔顿海边酒店出发，今日车队的目的地是在世界地质史和文明史上充满奇幻色彩的卡帕多奇亚，它曾被美国《国家地理》杂志评选为十大地球美景之一，是土耳其重要的人文与自然旅游胜地。今日路途预计约 500 公里。

盘山道上，一片片绿油油的丘陵构成了一道道充满田园诗意的风景，车队经过漫长的行驶，终于停在山腰路边一个简陋的茶亭休息，准确地说这是一个由几根棍子、砖头和油布构成的窝棚，可是这里却视野开阔，阳光从云隙间撒向绿色山坡，忽明忽暗，好一幅移动的风景，似有暗香浮动。

打理茶馆的是个 75 岁精瘦的花发老翁，一字胡须，嘴里含着烟卷，稍稍有些驼背。他看到车队停在门口，老远地招呼我们进屋喝茶。老翁的茶炉设在

正在拍婚纱照的新娘 · **土耳其奥尔杜**

窝棚之内，冒着滚滚热气，茶杯是带有土耳其特色的相当于比我们的二两酒杯略大的收腰玻璃杯，杯子置于碟子上，斟满酒红色的茶后，再用茶匙撒上一点白糖。队员们劳累后喝上一杯热茶，如同大旱后的甘露一般滋润心田，解渴去乏。喝完茶的队友们好像见到了久别重逢的老爹，纷纷与老翁合影，搞得老翁团团乱转，直至最后曾队长上前付了大家的茶资，共40里拉，招呼大家上车方才罢了。车队继续前行，这是大家进入土耳其境内以来第一位近距离接触并感到亲切的土耳其人。

中午在托卡特一个名叫健康公园的土耳其露天餐厅吃午餐。长桌一字摆开，端上来的是烤茄子、辣椒土豆和大蒜以及西红柿酱抹烤饼。不知道哪股风惊动了当地一家电视台，就在吃饭的当口，被电视媒体举着摄像机对着我们舞动的刀叉和鼓动的腮帮子采访，真是平添了另一番滋味，这滋味更来自于媒体中的一位金发美女记者，我怀疑她更像是来自欧罗巴的美人儿呐。她问我："你认为这顿土耳其餐感觉怎样？""怎么说呢，土耳其餐最突出的就是制作手段的原始和淳朴，味道自然天成。"这是真心话，刚才的一大盘食材就是烤制后撒盐，外加少许的橄榄油。饿极了什么都好吃，毕竟这是顿正宗的土耳其餐，何况就

土耳其托卡特·车队接触到的第一位土耳其人

在我们餐桌不远处的屋子里，几个老妈妈正冒着炊烟为我们大汗淋漓地烤饼呢，那屋里飘来的麦香味四溢，连我桌边游走的白鹅和鸡鸭想必都闻见了。

最开心的该是队友王伟老弟了，他回答完美女的提问后，搂着金发记者不住地合影留念自鸣得意，不过此刻还未忘形，他说这张照片断不能被老婆看到。于是大家抹抹嘴巴开心地合影。曾队欣然接受了媒体的正式采访。

下午开出小镇十公里处，又是⑤号车出现故障（据悉，检查结果是油泵故障，之后换上了备用油泵），车打不着火了，队员刘爽、小段、龚正以及⑦号应急车、⑤号故障车留在原地修理，其他人又前进一段路后继续路边等待。

对于这次故障，大家已不再大惊小怪，因为对车辆保障有充分的信心，此次刘爽、小段和龚正的表现可谓功不可没。

在车队刚进入土耳其时，有队员问到在土耳其的新疆反华势力，凯尔说你们不要听某些媒体的片面宣传，来到这里，就要用你的眼睛观察这个国家。

下午到达卡帕多奇亚下榻。

卡帕多奇亚 · 飞跃外星球

土耳其的卡帕多奇亚或者称作卡帕多西亚，这么一个著名的旅游胜地，在各种版本的网络地图上却搜不到，原来，卡帕多奇亚并不是一个城市的名字，而是土耳其中部内陆一个地区的统称，所以找不到这个点。令人尴尬的是，有时搜索结果会把你带到意大利的卡帕多恰。

位于土耳其中部的卡帕多奇亚，在古土耳其时便以独特的风景闻名，奇特的岩石构造、岩洞和半隐居基督徒的历史遗迹使得这儿的“石林”与该国的棉花堡齐名，同获世界文化自然双遗产。

卡帕多奇亚在历史上有很长一段时间与世隔绝、不通音信。在这里，自然的伟大力量创造出了世上独一无二的神奇地貌。这种地貌的形成起源于几百万年前三座火山的喷发。喷出的大量岩浆冷却、钙化，凝固成的风化岩层具有良好的可塑性，易被腐蚀。之后，较耐腐蚀的玄武质火山岩覆盖了松软的风化岩层。随着时光的流逝，玄武质岩石碎裂，变得疏松，将松软的风化岩重新暴露出来。慢慢地，除了被玄武岩像伞一样遮盖起来的地方外，雨水把风化岩石侵蚀出一条条沟壑，形成了陡峭神奇的蘑菇石林景观。来到这儿，目的就是拜访那些久负盛名的令人惊叹的地下城市、坐热气球可以俯瞰漫山遍野的瘦骨嶙峋蘑菇状

升空的美丽热气球·土耳其卡帕多奇亚

的岩石，把你带入那奇异的外星地球。此处景观独一无二，在其他任何地方都体验不到。

10月5日，因前一天有所准备，所以凌晨4点钟一到，我们就摸黑爬起床来，并没有感到多么困难，迷迷糊糊地在夜色中登上了前往卡帕多奇亚的中巴。中巴摇摇晃晃，不一会儿便来到乘飞地点，据说热气球飞行要求赶早不赶晚，因为在日出之前气流比较稳定，有利于飞行。

夜色下空气略带寒意，天上仍然繁星点点，这里早已人头攒动，来自世界各地一波又一波的各色游客们挤在一处咖啡接待厅里，各种语言交织在一起，嗡嗡作响。大家吃一点儿简单的早餐热饮，依次签署免责协议，此时此刻早已没人在乎这个约定俗成的东西了，大笔一挥签下名字，就等着升天了。正值国内的“十一长假”，到处可见中国游客的身影。

乘飞地点四周布满了蓄势待发的热气球，气球底下呼呼地燃着焰火，像一只只受惊的野马喘着粗气，工人们用尽全力拉紧缰索。瘦骨嶙峋的旷野上，上百只气球忽明忽暗，远远望去如同一群被绳索束缚的狰狞着、匍匐着急待挣脱的精灵，好不壮观。即便还没有看到真正的地质奇观，此情此景也足以令人热血沸腾了。游客们相互呼喊着拉拉扯扯地进入了藤条编织的篮筐里，大篮筐可装12人，小的可装8人不等，每个筐子里全都塞得满满的，没有丝毫余地。

人们欢呼着，雀跃着，上下左右前后，各色气球仿佛千军万马，就这样争先恐后地缓缓升了天。在高空俯视陆地上的热气球一个个慢慢升起，那姿态像从海底冒出的五彩斑斓的气泡，源源不断。我们一筐人里，尤以曾队带头喊得响亮：“一带一路，我们来了……”喊声此起彼伏，响彻天光微明的晨曦。

此时，队友王帅毅的自拍杆上下挥舞，他的gopro相机在狭小的空间里大显身手，为这一筐人留下了美好的瞬间。头顶上，喷发的火焰不停地呼呼作响，气球继续稳稳上升，在飞到了1000米高度的时候，看着远处的喀斯特地貌，已经感觉不到气球在移动了。其实，清晨的第一缕温暖的阳光也在此时悄悄地、缓缓地爬起来了，给我们脚下千奇百怪的石林、纵横交错的沟壑投射出长长的身影，通红的景色壮观无比。气球再往上升，眼下的奇岩地貌仿佛月球的表面绵延几千公里，大地边缘仿佛弯成了弧形，身体有如置身于另一个遥远而神秘的星球。此时的景象有如遗落在地球的外星美景，那种独特感受甚是奇妙无比。

原来最美的景色是不需要言语说明的，它就站在那里。不管是走了多远的路，经历多少长途跋涉、日出日落，当你突破引力飞到天际，当你高高在上俯瞰到它最美的时刻，你会觉得一切都是那么值得。原来，俯瞰大地的角度，是最能令人释怀的角度，原来最大的快乐来自荒原之上一颗热气球上的篮子里忙着拍照和欢笑的“一带一路”万里行的队友们。

人生最难得的便是这良辰美景，傻傻地望着高空中万帆浮动的彩色绚烂的气球，唯恐这份快乐稍纵即逝。50 多分钟的享受过程随着太阳的升起、热气球的缓缓下降、地下回收气球的小人儿由小变大，意犹未尽、恋恋不舍的人们最终不得不如梦方醒，回落在坚实而广袤的大地上。

迎接我们的是热情的气球控制工人、一束白色的鲜花和喷薄而出的香槟。

歌乐美与卡伊马克勒 · “人类的蜂巢”

让卡帕多奇亚久负盛名的还有建于 10 世纪装饰着富有拜占庭华美风格的湿壁画岩窟教堂。

密如蛛网的地下城市 · **土耳其卡伊马克勒**

歌乐美露天博物馆就是土耳其众多世界文化遗产中的一处，它位于陡峭的山谷之中，浓缩了卡帕多西亚地区的自然和人文历史。这里汇聚了 30 多个中世纪岩窟教堂，它最初是由为了躲避政治迫害而迁移到卡帕多西亚地区的基督徒们所修建，他们为了信仰背井离乡。为掩人耳目，修道士们掏出岩壁里松脆的石头，挖成窑洞居住。除此之外，他们也将一些山体凿空建造教堂，早期的基督教徒还在这些教堂中绘制壁画，以表达自己对基督的信仰，其虔诚可见一斑。

时至今日，这一地区已经发现了超过共计 600 座民居、教堂和修道院的遗址，其中大部分都装饰有湿壁画。现在，一些彩色壁画都已斑驳，虽然这些壁画造型并不完美，有些看起来还有些残缺不全，但每个小教堂都有一段当年留下的美好传说，通过这些绘画，可以看到卡帕多奇亚的守护者——拜占庭帝国——在历史上遭受的苦难，有很高的艺术欣赏和史料价值。早期的教堂艺术因基督教旧约禁止偶像崇拜，再加上伊斯兰教对人像的禁忌，在八九世纪的“破坏圣像运动”中，这些壁画遭受了空前的浩劫，有的全部被毁，有的人物的脸部被刮去，使这些壁画成了残酷历史的见证。这些洞窟壁画理所当然包括手机

土耳其卡伊马克勒·卖旅游纪念品的妇女

在内，严禁任何形式的拍照。我深刻理解其中意义，虽然没有拍下精彩画面，却并不为此感到遗憾。

徒步穿越卡帕多奇亚的峡谷是探寻这些壮观岩窟教堂的最好方式。路上，你可以饱览如神话般壮美的神奇“烟囱”，有的高耸陡峭，有的像笋尖，有的如柱形，还有色彩斑斓、高低起伏的小山以及一丛丛绿意盎然的杨树和橄榄树。

同一天下午，队员们又来到了位于几里之外的卡伊马克勒地下城。

由于三次大规模的火山喷发，这个地区形成了独特的地貌，也给这里带来了一种奇怪的岩石层：看起来很软，可以用铲子挖洞，但是挖开风干后，就比岩石还结实。伊马克勒地下城是早在公元前西台人（又称赫梯人）时期就开始挖掘的可居住的 40 米深的地下城市。西台人也是世界上最早以物易物的人。直到公元前 2 世纪，第一批基督教徒为了躲避罗马军队的镇压逃难至此，他们发现了这座隐藏在地下的城市，并躲进这个地下城里。他们发现，这座地下城市有很多出入口，而且很难被发现，是一个极其优良的避难场所，于是基督徒们开始进一步发掘，扩大了整个地下城市的规模。

现在，参观地下城市的门票是 20 里拉，凯尔向导有话在先：若有心脏病或者幽闭恐惧症的队友请回避此项参观。凯尔的这番话反倒勾起了大家一窥地下城全貌的兴趣。

走进现在的地下城，就仿佛进入了一个复杂多孔的巨型瑞士干酪，到处都是洞，洞室之间有很多的“窗户”，路径千回百转，上下左右、环环相套，其深度有好几层。地下城设施齐全，到处是先人穴居生活的痕迹，储存油、酒和水的罐子，挤压葡萄的水槽，油烟熏黑的公共厨房，牛棚马圈和深不可测的井，除了卧室之外，甚至还有学校和教堂。

继续在如蚁穴般的地下城钻行，多数通道需弯腰行进，洞穴平均高度不超出 2 米，其中可见暗道卧室、教堂、修道院、水井、厕所、会议室和葡萄酒酿造地，而通风烟囱是以一种巧妙的隐蔽方式开口到地面。深 40 米的如网络样的洞穴。洞室隧道迂回莫测，贯穿整个城市上下，一些隧道狭窄的只能允许一个人摸着墙壁爬过，一个个迷宫般的房间相互连接，一直蔓延至地心深处。古代人智慧地发明了巨型石头控制的大门，用滚轴开关，危急时刻可以将隧道完全封闭，用来阻挡外面追捕的敌人。当年基督徒在躲避罗马大规模屠杀时，又进一步扩大了规模，地下城从上至下一共掏了 8 层，据说当时最多可容纳 1 万人居住。目前只开放了 5 层。

和蔼可亲的老夫妻 · **土耳其伊斯坦布尔**

土耳其图兹盐湖·摄影师与舞蹈家

这座密如蛛网的地下城虽然是地下多层的空间，却终年维持着 13~16 度的恒温，空气也没有想象的那么差，地下城的通风设施显然经过了安全而缜密的设计，垂直而隐秘的通气孔深达 70~80 米。穴居的“市民”在这样的环境下仍然努力让自己过着舒适而自由自在的生活。因此，基督教在这艰苦的环境里得到了保存和延续。卡伊马克勒这座地下旷世奇作，我个人把它比喻成“人类的蜂巢”。它体现的人类的建筑艺术才华不仅令今人啧啧称奇，叹为观止，同时，基督教徒们对于宗教的那种崇高信念、对生活的渴望和对险恶命运的顽强抗争精神也令今天的参观者钦佩不已。

迄今为止，在卡帕多奇亚地区现在发现的地下城多达 36 座，其中卡伊马克勒地下城是规模最大的一座。据悉，一些相距十几里的地下城目前探明还有地下通道相连。这里千奇百怪的地貌让人难以想象这是属于人类的国土，于是，除了我上面赋予过这座洞穴的名字之外，人们还赋予它另外一个浪漫的名字——“精灵的世界”。

当我们走出这座现代化照明设施良好的“地下宫殿”仰望洞外的晴空时，阳光仿佛要刺伤我的眼睛，同时，身心如释重负般地深深呼了一口长气。

图兹盐湖 · 凯末尔墓与前来拜谒的日本人

10 月 6 日，阴，有小雨，8 点向安卡拉进发。

早晨又开始隐隐地闹肚子，当车队路过土耳其的图兹盐湖时，我已无心恋战。车队允许停留进湖的时间本来不多，我去卫生间就占用了大部分时间。这次闹肚子可能源于每日的饮食结构不均衡，每日食肉量过多，消化系统紊乱，所以我提醒自己，今后肉食及奶制品要严加控制，宁可只吃面包和蔬菜。

图兹盐湖是土耳其中部的一处内陆天然咸水湖，位于干旱的中央高原洼地，海拔 925 米，距离安卡拉西南 50 公里。它一年大部分时间湖面面积约 1500 平方公里，深 900 米。正常情况下长 80 公里，宽 50 公里，面积与水深随季节变换而变化。夏季枯水期间湖面缩小，水深不到 1 米。夏季露出大片盐滩可供采盐，这里是土耳其主要食盐供应地。

在离公路不远的湖岸休息站远看图兹湖，白花花一片望不到边际。我们去的时候是夏季，正值枯水期，所以看不到湖水，可以脚踏如白色砂岩的湖面走进湖中细看，用手抓起粗盐粒。

盐湖表面洁白如雪，未曾想这里还是一处不错的摄影创作地，一位胖胖的当地女性摄影师正和一对芭蕾舞蹈演员拍摄艺术作品，我就势凑上去“沾光”，摄影师见状回头还冲我笑着打了一个响指。

湖畔还有一些简易的棚，里头卖各种浴盐之类的小纪念品。图兹盐湖并不是一个多么重要的地方，倒像是一处长途跋涉途中突然遇到的一个意外，是一个令你眼前一亮的地方。

下午两点到达土耳其首都安卡拉。安排好住宿，放下行李，我和东南汽车的小段、吴爽以及福建电视台摄像师廖世伟经过请示，迫不及待地驱车赶往土耳其国父凯末尔的陵墓参观。天空中飘着细雨，虽然是粗糙的石子铺就的路面，车子上坡时却仍然有些打滑，曾队嘱咐我们单车出行多加小心，注意安全。

穆斯塔法·凯末尔·阿塔蒂尔克，出生于 1881 年 5 月 19 日，土耳其改革家、作家和领导人。他领导土耳其人民推翻了奥斯曼帝国的统治，建立了土耳其共和国，当选为第一任总统，并且从此缔造了土耳其的世俗化政体，被誉为现代土耳其的创建者。凯末尔最为人所知的是他在“一战”中表现出来的杰出军事能力，同时伴随着奥斯曼帝国的崩解，他带领土耳其国民运动并成功在安卡拉建立独立政府，以杰出的能力解放了国家并建立了现今的土耳其共和国，还进行了一连串政治、经济和文化上的变革，启蒙土耳其，并让土耳其成为现代化和世俗主义的国家。凯末尔带领土耳其人民实现现代化的作为被称为“凯末尔主义”，其中也包括减少伊斯兰教对政治及教育的影响。1934 年 11 月 24 日土耳其国会赐予凯末尔“土耳其人之父”的称谓，1938 年 11 月 10 日，凯末尔逝世。

1923 年 10 月 29 日，土耳其共和国正式成立，凯末尔随后当选为共和国第一任总统。1923 年 9 月，凯末尔在安纳托利亚与罗麦里亚护权协会基础上建立人民党，后改名为共和人民党，总统兼任党主席，总理为副主席，党国制度正式得以确立。自此直至去世，凯末尔一直连选连任共和国总统、党主席和武装部队总司令，其权力几乎不受限制。

凯末尔推翻了源自穆罕默德后人的哈里发制度，将奥斯曼王室成员全部驱逐出境，并进行政治改革。他废除了历史悠久的伊斯兰教长制、撤销沙里亚部、停办独立的宗教学校和经院、关闭宗教法庭以及废除被奉为神圣法典的沙里亚法、制定和采用依据西欧国家法律为摹本的新民法等等，从而为土耳其的世俗

化扫清了障碍，这使得保守的伊斯兰教徒认为他是伊斯兰信仰的背叛者。

凯末尔利用 1925 年大国民议会授予政府的特别权力，以激烈的手段完成了颇具象征意义的土耳其服饰革命。他颁布命令，规定所有政府人员必须穿戴西装与礼帽，同时颁布了一项禁令：禁止非神职人员穿着宗教袍服或宗教徽记。11 月 25 日，规定所有男子必须戴礼帽，凡戴费兹帽者将依律治罪。

凯末尔推动了一系列提高土耳其妇女地位的改革，包括在法律中明文规定废止妇女戴面纱、废除一夫多妻、确立离婚制度，保障妇女在教育、就业、参政及财产继承的平等权利。1934 年修改宪法，让满 21 岁的女性拥有选举权，30 岁女性拥有被选举权，这项举措甚至比法国和瑞士更早。

但是，就像其实行的一切变革一样，凯末尔将这一切都视为政治行动，是他改造土耳其国家和社会的一部分，其目的就是要削弱与割裂同奥斯曼帝国历史和伊斯兰的联系，加强土耳其人的民族认同。凯末尔从另一方面否定了伊斯兰文化的本体特征，反过来强调了突厥史和前安纳托利亚历史的重要性。他执政期间实施了一系列社会政治与经济改革措施，并逐步形成土耳其民族资产阶级的思想理论体系，即凯末尔主义。

以上可以看出他在土耳其的历史贡献不亚于我国的孙中山！

小雨洗刷后的凯末尔陵墓 · **土耳其安卡拉**

从金角湾俯瞰博斯普鲁斯海峡（接片）· 土耳其伊斯坦布尔

从金角湾山坡对望 · **土耳其伊斯坦布尔**

凯末尔陵墓建筑在安卡拉最高的山坡上，在这里可以向南俯瞰整个城市。陵区包含了公园、广场、陵墓、两座塔及陈列凯末尔遗物的博物馆。

走过双塔前方长长的石狮大道，便进入陵墓主体。陵墓由东西南北四条柱状回廊围出一个正方形大广场，广场地面由彩色大理石镶嵌而成，广场正面逐级而上是正方形的“荣耀大厅”，庄严肃穆，很像我们常见的纪念堂，这就是凯末尔陵寝所在。在阴雨天气的笼罩下，散发出一股庄严肃穆的凝重气息。四面回廊里陈列着与凯末尔相关的遗物、画像、公文等。整个肃静庄重的陵墓区有英俊高大的守陵卫兵把守，卫兵两眼直视远方，一动不动，但当你示意要和他合影的时候，他会不动声色地挤挤眼睛，这帅哥是用余光和你交流。

如果遇上卫兵交接换岗、进行操枪表演，那就可以幸运地一饱眼福了，而我们正巧成了这拨有福之人。 广场上卫队随着口令大踏步地迈着威武整齐的步伐正在换岗，军械声哗哗作响，军靴的铁蹄声、洪亮的口号声响彻陵区。十分钟的换岗仪式看过后令人有十二分的振奋。

由于我只顾着拍照，一同前来的另外三位队友此时不知所踪，来时我们停在广场外的车子也已不在原地，往返找了好几次也不见踪影，叫我好一阵恐慌。于是向广场内溜达的警察连说带比画：“My Chinese friends，Wear yellow clothes.”警察终于明白了，向广场南面下坡的阶梯方向一指。果然，阶梯下面几个穿黄色队服的队友出现了，小段、吴爽和摄像师小廖正在台阶下面摆弄着车子给车拍照。这个插曲着实令我虚惊一场，因为这时候天已经快黑下来了，人生地不熟的，若真和他们走散的话，也是个不小的麻烦。不过这儿的警察倒是令我十分佩服，广场上发生的任何蛛丝马迹都没能逃过他们锐利的双眼，表现出来的职业素质可见一斑。

博斯普鲁斯海峡 · 再次横跨欧亚大陆

10月7日，今日要从安卡拉赶至土耳其古老城市伊斯坦布尔，路途400公里，仍然下着小雨，路面湿滑。有个别队员发烧，还有队员由于长期驾驶，大便干燥，身体不适，但是大家仍然坚持继续前行。

路上，我边看手机边自言自语，我发出的微信里有网友更正我，说我把安卡拉写成了卡拉奇，造成了宣传误导，边上驾车的曾凡人大哥马上应声道：“这两天我也是糊涂了，什么安卡拉卡拉奇的，我也把土耳其的安卡拉说成埃及的卡拉奇了！”这卡拉奇本是巴基斯坦的沿海城市，原来曾队比我还糊涂！

下午车队进入伊斯坦布尔，午后四点多钟的时候天气晴朗，伊斯坦布尔城市外围道路已经车水马龙。向导凯尔提醒我们，现在拥挤的道路前方就是博斯普鲁斯跨海大桥了。这是一座悬索桥，为第一座跨越博斯普鲁斯海峡并联结亚洲与欧洲大陆的跨海大桥。

博斯普鲁斯海峡大桥，又名欧亚大桥，兴建于 1968 年，修筑在博斯普鲁斯海峡最窄处，1973 年 10 月正式通车。大桥全长 1560 米，两座塔桥之间跨越海峡水面部分的桥长 1074 米，宽 39 米，高出海面 64 米。桥的两头各有一呈“门”字形的桥塔，水中不设桥墩，整个桥身用两根粗大的钢索牵引，每根钢索由 11300 根 5 毫米的钢丝拧成，也是世界上第四大吊桥。

我忽然想起在哈萨克斯坦阿特劳的乌拉尔河跨越欧亚大陆时的情景。这是我们“一带一路”万里行车队此次行程中又一次跨越欧亚大陆，但这次的欧亚跨越，才可以说是真正实现了宗教的、历史的、文化的以及种族的跨越，想来真是不可思议。我提前把车子的全景天窗打开，探出半个身子，既要为自己记录下这具有划时代意义的时刻，还得接过曾队送过来的 ipad 为其拍视频，手

金角湾的一对情侣 · **土耳其伊斯坦布尔**

忙脚乱却不亦乐乎！

车队进入索桥，但见桥下蔚蓝的海峡波光粼粼，邮轮在下面缓缓移动，海峡两岸树木葱郁，华丽的住所和别墅在两岸山坡上星罗棋布。

遥想当年，中国从乌克兰购买的瓦良格号航母从黑海拖运到博斯普鲁斯海峡，在此滞留数月之久，最后终于突破各种阻力走出困境。今天，我从车窗外望着博斯普鲁斯海峡，瓦良格号这个庞然大物从这个桥下通过的情景仿佛就在眼前。

由于正值土耳其的旅游旺季，我们下榻在伊斯坦布尔市区边缘的一家酒店。屋里的窗户坏了打不开，门卡总是失灵，常常需要到前台重新刷卡，冲水不净，房间小得转不开身，但是，这没有减弱我们对这座古老而传统的城市的期待。稍加歇息后，楼道里忽然吵吵闹闹，摄影师老飘飘（老孙的网名）和樊占文也从俄罗斯一线赶到此地与我们会合了，老友相聚分外亲切。

晚餐安排在酒店外面的一家美食城。由于地点交代差错，我、小段、吴爽和曾队被出租车司机错误地放在一家综合商场，大家等待良久不见自己人，这才发现地点错误，于是紧急微信联络，再次打车。傍晚正是伊斯坦布尔堵车高峰，我们到达这家美食商城已经很晚了，早来的队友已经吃毕，晚到的曾队辛苦了一天见状难免大发脾气，一赌气不见了人影儿，不过没多久老曾转了一圈儿又回来了。回酒店，队友刘俊梅雪中送炭，给各屋送来了水果，众人早早安歇睡觉，梦中期待着明天的古城伊斯坦布尔。

金角湾大巴扎 · “真主喜爱经商的人”

第二天，一部分队员 10 点出发，去伊斯坦布尔最大的大巴扎，另外一部分队友 9 点前往使馆补办赴意大利签证，下面的旅途全体队员能否全员抵达米兰参加“意大利米兰世博会”，成败在此一举。

土耳其伊斯坦布尔坐落于博斯普鲁斯海峡两岸，依山傍海，是历史上极其重要的咽喉要道，有着约 2600 年的建城历史。古老的街巷、红色屋顶的哥特式建筑、到处可见的伊斯兰式圆顶教堂的宣礼塔尖顶鳞次栉比地出现在海峡两岸的山坡上。伊斯坦布尔“金角湾大巴扎”，这个位于伊斯坦布尔老城中心的大巴扎是世界上现存规模巨大、历史悠久、十分传统的室内集市之一。它占地面积超过 30 万平方米，整个大巴扎集市分为两个部分，内部结构为拱形穹顶，绘制着伊斯兰风格的图案，俨然一座规模宏大的皇宫，每天慕名而来的世界各地游客超过 20 万人次。

市场内部纵横交错恍若迷宫，里面有超过 60 条街道，多达 4000 家大大小小的商铺，光出口就有 26 个。集市有 4 个大门，其中最主要的 Bayezid 大门的横匾上，有苏丹阿布都哈密德二世亲笔书写的“真主喜爱经商的人”几个大字。

最值得一提的是，这个大巴扎可不是为了当今如火如荼的土耳其旅游而建，事实上，这个市场从 1461 年就已经存在了，是当时本地人传统的交易购物场所，至今已历经近 600 年。

大巴扎作为伊斯坦布尔最有名的购物场所，观光的意义要大于购物本身，因为这里的性价比跟外面比起来并没有优势，但好在商品齐全，可以作为初到该国时了解“土特产”品类的地方。

大巴扎里可谓应有尽有，特别是具有民族特色的商品，在辉煌的灯光映照下光彩夺目，至今想起来印象深刻的民族特色商品有茶叶、香料、金银首饰、糖果食品、干鲜水果、装饰灯具、手工雕刻的铜壶挂盘、艺术玻璃等民族工艺品，还有民族服装服饰。商品琳琅满目，丰富多彩，无论走到哪个角落，处处吸引着你的视线，刻刻勾起你的购买欲望。店员们都在摊位外招揽生意，一看到东方面孔就开始用中、日、韩三国语言套近乎，一旦知道你是中国人，他们就变得更加热情洋溢，请你免费试吃各种东西。中国人强大的购买力果然世人皆知。

大巴扎里的小贩们通常会高开低走，在这里货比三家恐怕不太现实，一则摊位众多货品分布极其分散，二则初来乍到的顾客恐怕多半找不到原来的摊位。据有经验的人士介绍，一些商品打个对折不成问题！更有意思的是，一些手里悠荡着置满茶杯提篮的帅气的小哥儿行动敏捷，快速穿梭在人流之间，为商人们传送热烘烘的茶盏，把已经眼花缭乱的客人们搞得更加晕头转向。

这迷宫一般的大巴扎一天中无论什么时间段来，始终是一派人声鼎沸、蒸蒸日上的热闹景象。

香料市场，又名“埃及市场”，位于金角湾加拉塔大桥起点处，紧邻新清真寺，距离大巴扎也不远，规模比大巴扎小很多，是伊斯坦布尔最大最古老的香料市场。因为埃及人是买卖香料的鼻祖，所以才叫“埃及市场”。这是一个“L”形的封闭式建筑，建成时间可以追溯到 1664 年。在当时的奥斯曼帝国时代，这里是来自埃及的商人聚集的地方，兜售来自周边地区的各式商品，交易以香料为主。世界各地的商人们再用香料换取当时的各类硬通货，中国的瓷器、印度的象牙、欧洲的玻璃，应有尽有，这里有如世界各地产品交易的中心，一个小世界围绕着这个埃及香料市场展开。据说在当时某些香料比金子还昂贵。

除此之外，我其实更喜欢在充满异国情调的大街小巷里穿行。这里有很多各类手工艺制作店铺，在大巴扎附近不起眼儿的小巷的犄角旮旯里，你会听到里面传出来的铿锵有力的金属敲打声，原来这里是金银首饰作坊。跨进作坊，见匠人在火焰与錾台之间来回往复，不一会儿，一枚精巧的戒指便制作完成。它们贵贱不一，材质各异，花色多样，全部根据你的喜好来订制。这里每天经过的游客穿梭如云，匠人对你的不期而至并不感到意外，充其量对你招招手，问你是从哪里来的，然后喝一口身边的红茶，自顾自地继续专注于自己手中的活计。

再继续向前，忽而一股浓香扑鼻。前面敞开的店铺门口，一架炉火上烤着形似腰鼓却比腰鼓还长的一串肉串，肉串在烤台上徐徐转动，外面焦黄的表层“滋滋”地冒着油花儿，不住地滴落在炉盘，一把细长的片刀横在那里，时刻准备为你片下鲜嫩的烤肉。仅凭弥漫于巷子的香味就可以判断，这就是伊斯坦

土耳其伊斯坦布尔·迷宫般的金角湾大巴扎

布尔最正宗的土耳其烤肉，这气味令人恋恋不舍、垂涎欲滴。

一个人漫步在伊斯坦布尔幽深的小巷，会使人流连忘返。

圣索菲亚大教堂 · 藏在穹顶后面的秘密

今天的行动密集地进行着，中午从大巴扎出来和队友分手，我和老孙旋即来到了伊斯坦布尔标志性建筑——圣索菲亚大教堂，一睹其艺术历史风貌。

圣索菲亚大教堂是现今土耳其伊斯坦布尔最著名的宗教建筑，经过了1500年的漫长历史，大教堂也保持了“世界曾经最大教堂”的地位近千年之久。此座教堂因其巨大的穹顶而闻名于世，是一幢“改变了世界建筑史”的拜占庭式建筑典范。

眼前这座宏伟的教堂是受拜占庭皇帝查士丁尼一世之命于532~537年间建造，它已经是建造在同一地点的第三所教堂，之前在此地建的两所教堂先后在两次暴乱中被大火摧毁。

公元532年2月23日，就在第二所教堂被摧毁后的仅仅数天，皇帝查士丁尼一世决定重新兴建第三所截然不同的大教堂，这所教堂与前两所相比，更为宏大雄伟。查士丁尼一世选用了物理学家伊西多尔及数学家安提莫斯的设计方案，拜占庭史学家普罗科匹厄斯曾在《建筑》一书里描述了建造圣索菲亚大教堂的状况：

> 皇帝将帝国各地的物料运送到君士坦丁堡，比如古希腊神庙的圆柱。巨石都是来自远处的采石场，包括埃及的斑岩、色萨利的绿色大理石、博斯普鲁斯海峡地区的黑石及叙利亚的黄石。超过一万人参与建造工作，这所新教堂马上就被认为是重要的建筑，展示了建筑师的创造力。建筑师们采用了希罗的理论，在广大的空间之上建造巨大的圆顶。

圣索菲亚大教堂的圆顶因为建筑师对圆顶的创新想法而使艺术史学家、建筑师及工程师们产生了兴趣。圆顶由穹隅支撑，穹隅不仅可以达到令人满意的美学效果，又可稳定圆顶的侧面，使圆顶的重量得以引向下方，这在此前是前所未有的。

金色的苏莱曼清真寺·**土耳其伊斯坦布尔**

圣索菲亚大教堂 · **土耳其伊斯坦布尔**

关于圆顶的另一个创举是建筑师在圆顶的底部设计了40个窗户。圣索菲亚大教堂闻名于世的神秘光线效果充斥在大厅各处，使圆顶看起来如悬浮在正厅之上。由于圆顶的形状像伞的内部，伞骨由伞的顶端延伸至底部。这些“伞骨”使圆顶的重量在各个窗户之间的柱子流向穹隅，最终抵达建筑根基。

这些独特的设计使圣索菲亚大教堂成为近古时代最先进的纪念建筑物。

查士丁尼一世在公元537年12月27日参与了盛大的落成仪式。教堂内的马赛克壁画则是在查士丁二世在位时（565年~578年）才完成。

进入内部前廊，一抬头，我就被这些精美的马赛克镶嵌画及装饰震撼到了。大教堂里的马赛克壁画布置得相当华丽。这些马赛克描绘了圣母玛利亚、耶稣、圣人、帝王及皇后，还有其他一些纯属装饰性的几何马赛克。西南出口的大门上方，马赛克壁画中的查士丁尼一世和君士坦丁一世伴在圣母和圣婴两侧。镶嵌画上的圣母坐在没有椅背的宝座上，双脚安放在以珍贵小石修饰的台座上，儿童时代的耶稣在她的膝上，他的左手拿着卷轴，给予祝福。站在圣母左方的是身穿礼服的君士坦丁一世，他把城市的模型送给圣母。在他身边的文字提到："圣人及伟大的皇帝君士坦丁"。查士丁尼一世则站在圣母右方，把圣索菲亚大教堂的模型呈给圣母。

圣索菲亚大教堂在梵蒂冈圣彼得大教堂建成之前，一直是世界最大的教堂，在罗马帝国916年的统治中，圣索菲亚是主教堂，所有的帝王都在这里加冕。

1204年，君士坦丁堡遭到洗劫。穆罕默德二世攻下当时君士坦丁堡这个基督教最重要的据点时，故意挑选了象征东正教荣耀的圣索菲亚教堂，移走祭坛、基督教圣像、遗物，用涂料掩盖马赛克镶嵌画，代之以星月、古兰经读经台、往麦加朝拜的朝拜龛，还增建了伊斯兰教宣礼塔。

圣索菲亚大教堂在1453年变为清真寺，由于伊斯兰教禁止具象的影像，许多马赛克都被石膏覆盖。不过这些马赛克并没有被一次性地全部覆盖。在1847年~1849年间，加斯帕雷和朱塞佩·福萨蒂负责修复圣索菲亚大教堂，他们在记录下这些图像后，福萨蒂兄弟再将它们覆盖。

其后，直到土耳其共和国成立后，共和国总统凯末尔下令把圣索菲亚大教堂变成博物馆，禁止把此处用作宗教礼拜场所，博物馆长期被掩盖住的拜占庭马赛克镶嵌艺术瑰宝得以重见天日。

1930年，来自美国拜占庭研究所，由托马斯·惠特莫尔率领的一支队伍发现了更多的马赛克。他们决定保持那些被石膏掩盖的简单十字架图案的马赛克，而把其中主要的马赛克绘画揭露出来。作为一所历史悠久的教堂和清真寺，复原工作面临着特殊的挑战：基督肖像马赛克虽然逐渐被揭露，但一些具有重要历史价值的伊斯兰艺术可能因此而被摧毁。复原者力图在保存基督教及伊斯兰文化之间取得平衡。正因如此，伊斯兰文化和基督教文化才得以在此共聚一堂。

此时，仰望挂在圆顶上写着“穆罕默德”的阿拉伯文金字大圆盘和更高处圣母抱基督的马赛克壁画，再也没有哪里会有这样相映成趣、交相辉映的“神交”了。在如此伟大的建筑面前，再多言语的描述都是苍白的，再多影像的记录都是无力的，这些都不足以去表达它那强大气场所带来的心灵上的震撼。只有置身其中，才能感受到那种奇妙与感动，这种感动不仅来自宗教和历史，更来自令人慨叹的世事的命途多舛。

这座伟大的建筑被誉为世界中古七大奇迹之一。1985 年，圣索菲亚大教堂所在的伊斯坦布尔文化区被联合国教科文组织选为世界文化遗产。

1996 年 ~1998 年，阿亚索菲亚博物馆又被世界文化遗产基金会选为百大濒危遗产。令人遗憾的是，我们在此观赏这座伟大的建筑时，教堂内部仍有一半

圣索菲亚大教堂二层回廊 · **土耳其伊斯坦布尔**

在修缮，穹顶之下仍然搭建着几十年前整修用的脚手架，看不到穹顶马赛克壁画辉煌的全貌。这一“临时”建筑一直在博物馆内存在至今。

这里每年大约要接待 250 万外国游客，随着伊斯坦布尔当选为 2010 年的欧洲文化之都，当地对圣索菲亚大教堂的修复工作被重新提上议程。拆除重达 160 吨的脚手架似乎已经指日可待。

几只干净漂亮的花猫在游人脚底下怡然地穿梭，它们甚至毫不害羞地爬到人们的腿上撒娇，俨然是这座博物馆真正的主人一般。

蓝色清真寺 · 奥斯曼帝国建筑艺术的杰作

蓝色清真寺坐落在圣索菲亚大教堂以南的中轴线上，两个建筑比邻相望。但是蓝色清真寺建成于 1617 年，比圣索菲亚大教堂年轻了一千多年。1609 年奥斯曼帝国时代，同样年轻的 14 岁便即位的阿赫迈特苏丹命令建筑师迈赫迈特 · 阿加在原来的阿伊舍苏丹王宫上修建一座能与阿亚索菲亚教堂相媲美的清

土耳其伊斯坦布尔 · 与圣索菲亚教堂遥遥相对的蓝色清真寺

真寺，以证明他的虔诚。所以蓝色清真寺以前也叫苏丹阿赫迈特清真寺。

经过八年的努力，清真寺终于完工。清真寺的建成不仅证明了年轻的阿赫迈特苏丹对真主的虔诚，同时也证明了它不仅是奥斯曼帝国时代建筑和艺术的结晶，也是一座建筑史上的辉煌杰作。

建造蓝色清真寺未使用一根铁钉，400 年间历经数次大地震也安然无恙。清真寺的 260 个小窗，2 万多块蓝色瓷砖，数百块地毯和众多阿拉伯书法艺术作品是该寺的重要看点。清真寺穹顶直径达 27.5 米，另有 4 个较小的圆顶，不可或缺的尖塔高 43 米，而且比一般清真寺多出一根。相传只有伊斯兰教圣城麦加的清真寺才能建六根尖塔，蓝色清真寺在兴建时，建筑师误将阿赫迈特一世“黄金的”命令听成“六根的”，因为二者同音，结果就“逾矩”成了六根尖塔。

苏丹阿赫迈特清真寺被叫作蓝色清真寺，是因为该寺的墙壁在 1/3 以上的部分都使用了一种由土耳其瓷器名镇伊兹尼克烧制的、刻有丰富花纹和图案、以白色为底的蓝彩釉贴瓷，共有 21043 片。这些蓝色瓷片使整个清真寺内似乎都充满了蓝色，所以称其为蓝色清真寺。

虽然当初建造蓝色清真寺的目的是为了和阿亚索菲亚教堂相竞争，但它实际上却在规模和内部空间的平衡方面远远超过了阿亚索菲亚教堂。

清真寺内气氛庄严肃穆，加上四处都泛着一层隐隐的蓝光，使人仿佛置身于真主安拉的温暖怀抱中。这里仍然是人们祈祷礼拜的场所，最多可同时容纳 5 千人做祈祷，任何人都可免费进入。为了不打扰这里的肃穆气氛，我蹑手蹑脚地走出了这辉煌的圣堂。

回到 1453 年 5 月 29 日 · 攻陷君士坦丁堡

10 月 9 日，伊斯坦布尔晴空万里，伊斯坦布尔城墙依然巍然屹立在蓝天之下，远远望去与中国的长城很相似。所不同的是，伊斯坦布尔的城墙和箭楼有几条红色墙砖装饰的腰线，甚是醒目。

伊斯坦布尔城墙又称君士坦丁堡城墙，是一道围绕并保护君士坦丁堡（今天称伊斯坦布尔）的石墙，君士坦丁堡城墙经历过无数次的加建及修补，是现存的古代要塞，也是世上最复杂及最精密的要塞之一。

伊斯坦布尔城墙最初是在君士坦丁一世在位时兴建的，君士坦丁一世将罗马帝国的首都迁至了拜占庭，命名拜占庭为“君士坦丁之城”。君士坦丁城墙曾经建有黄金城门，城门还树立着一些包括君士坦丁一世在内的雕像，这些雕像在公元740年的地震中被破坏。在拜占庭帝国统治后期，一幅十字架的画像被置于城门上，因此黄金城门在奥斯曼时代被称为伊萨卡皮，即“耶稣之门”。

君士坦丁城墙全方位地环绕着新都城，防御来自陆路及海路的攻击。君士坦丁堡城墙在中世纪时期的任何围攻下都坚不可破,从而有效地阻挡了阿瓦尔人、阿拉伯人、罗斯人、保加利亚人等的围攻，有效地保护了拜占庭帝国。但是随着攻城火炮的出现，使得君士坦丁堡城墙不再像神话般地固若金汤难以攻破。

奥斯曼帝国统治时期，君士坦丁堡城墙一直维持着原状。19世纪，城市的发展已超出中世纪时的城界，部分城墙被移除，城墙在此后日久失修，但依然有许多部分巍然屹立。20世纪80年代，政府对其进行了大规模的复原，现在，游客又能够观赏到其当年的雄伟壮观了。当年君士坦丁城墙围成的区域现已被联合国教育科学文化组织指定为世界文化遗产。

1453年，是人类世界历史上具有重大纪念意义的一年。这一年，神话般的君士坦丁堡被奥斯曼帝国攻陷，东罗马帝国灭亡，欧洲中世纪时代结束。

拜占庭帝国的千年古都君士坦丁堡一直是西方世界的中心和基督教世界抵御伊斯兰世界的堡垒。拜占庭帝国共历经了12个朝代93位皇帝。但就在1453年，奥斯曼帝国苏丹穆罕默德二世集中了伊斯兰世界的力量，准备攻克这座城市。1453年4月，80000名装备了新式武器的战士准备开始攻城，而守城的是拜占庭君士坦丁十一世麾下的区区8000名基督徒士兵。在一连数周的炮火之后，城墙轰然陷落。

在这场长达七周的战役中，双方不论民族、信仰，均表现出惊人的英雄气节与坚韧，战争场面荡气回肠，令人动容。在敌强我弱、力量悬殊的战局之下，这位末代皇帝君士坦丁十一世终于英勇战死。这场战役也使城市人民基本上被斩尽杀绝了，这在历史上是罕见的。土耳其军队战胜了威震四方的大帝国拜占庭，从军事角度上讲，土耳其无论从战争准备，还是兵力部署、火力运用、战斗作风及勇敢精神、组织指挥等都表现得非常出色，这些都是赢得战役胜利的重要原因。

君士坦丁堡这场战役改变了世界，它使拜占庭这个中世纪欧洲文明史上的明星陨灭了。此次战争不仅代表着拜占庭千年帝国的落幕、新兴伊斯兰强权的崛起，更为欧洲带来了政治、经济、文化上的深刻变化。

《1453年的历史再现》全景博物馆虽然不在土耳其重点参观项目之中，但它确实是一处值得人们去体验和感受当年那场惊心动魄的攻城战的场所。博物馆是一座圆形建筑，坐落在离伊斯坦布尔城墙不远的位置，周边绿草茵茵。

展馆一层，可以看到拜占庭时代的伊斯坦布尔绘画装饰的墙壁，文图展板告诉你有关伊斯坦布尔那个时代的故事，让你一步一步地走向征服君士坦丁堡和一个时代结束与开始的边缘。当你仰面走上楼梯时，首先穹顶上绘制的一片蓝天在向你召唤，瞬间，你会隐约感到这将是非凡的一天。

在楼上 3000 平方米的环形空间，借助成千上万的人物、硝烟笼罩下的大炮和城墙场景，再加上战场音效等，以 360° 立体全景的角度栩栩如生地展现了 1453 年 5 月 29 日这天，苏丹穆哈默德二世率领的奥斯曼军队攻占君士坦丁堡的情景。场景由 8 位画家用了 3 年时间，采集了 10000 个真人模特做素材，绘制了这幅直径 38 米的环形超现实的精密巨作，完成了战争场景的绘制。

馆内的 3D 视听效果将参观者带回到昔日攻城的时空里。为了能让参观者充分地感受三维效果，从中央平台上到看绘画壁画的距离大约 14 米。为了创造一个身临 564 年前这次战场的感觉，前景周围设置了真实大小的火炮、炮架和火药桶。置身在这三维空间中，身边征服与杀戮的人海马上变得生动活泼起来。

参观《1453 年的历史再现》全景展览的人们 · **土耳其伊斯坦布尔**

土耳其伊斯坦布尔·《1453 年的历史再现》全景模型

伴随着战斗的厮杀声、大炮的轰炸声以及奥斯曼禁卫军乐队演奏的军乐，让人有身临其境的紧张与激动。你越是全神贯注于三维场景的细节，你就越感到恐惧，你觉得自己失去了时间。你周围挤满了亢奋的奥斯曼帝国和拜占庭士兵，从一边轰鸣的大炮，到另一边正在挥刀驰骋的骑兵；从运送伤病的担架，到城墙飘扬的战旗，这一切仿佛使你的头发都竖起来了。此时，你正处于一场残酷的搏杀中，你成了这血腥战场上的一员，然而，你却知道战斗双方谁是最后的胜者；此时，你可以像神灵一样高高在上地预言一段历史，这是一种奇妙的感受。其实，这座穹顶上绘制的云端里，真的以云朵的形式画着一个大胡子天神形象正在观望着眼下殊死搏斗的众生！

当你朝着楼梯口的方向往外走，你会忍不住回头再看几次，仿佛有被士兵跟随的感觉，他们似乎要再次征服君士坦丁堡。最后还是身边一群束着头巾叽喳私语的女学生把我拉回了现实。

1453 年 5 月 29 日这一天的历史再现，令人兴奋，甚至震撼。

金角湾 · 宣礼塔传来遥远呼唤

中午的博斯普鲁斯海峡，几抹淡淡的白云飘浮在蓝天之上。

坐落于博斯普鲁斯海峡金角湾的这座山丘顶上的苏莱曼清真寺，也是土耳其伊斯坦布尔市内位居前列的几大著名清真寺之一。这处清真寺建筑群朝北面向金角湾，与周围的街巷有机地结合到一起。建筑群依着山势建有伊斯兰学校、土耳其浴室，连这清真寺的建筑师的墓也都建在了清真寺旁。建筑群呈阶梯状向金角湾蔓延，远远望去十分雄伟壮观。因其在山顶明显的地理位置，拍摄金角湾的风景里总免不了有它的身影，所以它也被称为伊斯坦布尔最美的清真寺。

从苏莱曼尼耶清真寺一侧沿着墓地小径出来向北，来到一处矮墙，从这里向东北方向可以远眺博斯普鲁斯海峡，向下可以俯瞰穿过城市和金角湾上几座新老跨海大桥的全景。

中午，向导为队员们精心安排了清真寺边上的观景天台进露天午餐。

坐在天台举目四望，风光无限，心旷神怡，整个金角湾尽收眼底，加拉塔大桥横跨海峡，各色船只拖着一条条白线在蔚蓝色的海面缓缓移动。餐桌四周，一群海鸥在身旁翱翔，突然，一只大胆的海鸥一个俯冲，从你面前的盘子里衔起一撮面包滑翔而去。此时此刻虽然滴酒未进，人却早已被这番美景所陶醉。

12 点一到，金角湾各处清真寺的宣礼塔忽然传来诵经声，那吟诵的歌声响彻云霄，曲调婉转悠长，荡气回肠，声音遥远而神秘。那声音好似真主的神谕直至心灵，既像亲切的抚慰，又似远方百转千回的呼唤。整个城市上空此起彼伏地传送着同样的声音，这声音，让人的心灵变得肃穆高远、宁静安详。

土耳其是一个几乎全民信仰伊斯兰教的国家，他们仍然保留着每日五次礼拜的习俗。对于土耳其人来说，日复一日，年复一年，礼拜已经成为他们生活中不可分割的一部分。每个人都坚信，拥有信仰的人便会拥有一切。目前，仅伊斯坦布尔就有大小不一的清真寺3000多座，因此这里又被称作“宣礼塔之城”。

在土耳其的每一天，无论身在何处，我几乎都是在宣礼声中醒来。之后的日子里，那宣礼塔的声音总是不断地在我的意识里回荡，至今记忆犹新。回想起来，此情此景应该是我对土耳其印象最深刻的一幕。

金角湾餐厅露天平台 · **土耳其伊斯坦布尔**

1. 巴扎餐馆用餐的人
2. 夕阳下蓝色清真寺
3. 老巷子飘出烤肉香
4. 清闲的大巴扎巷子
5. 卖各类枪支的商店

· 土耳其伊斯坦布尔

总是在外度过的生日 · 安卡拉爆炸案

10 月 10 日，一些队友去土耳其使馆办理赴意大利的签证，剩下我和老孙由于拍摄的工作需要，被车队特别关照，我俩以每日食、行开销不超过 200 元人民币的标准继续在伊斯坦布尔自由活动，并随时保持与队伍的联络，按时回归酒店报到。于是，在伊斯坦布尔剩下的这两天，我俩就像笼中放出的鸟儿，自由地穿梭于伊斯坦布尔的大街小巷。

加拉塔大桥横跨金角湾，是连接老城区和新城区之间的一座重要桥梁，被视作伊斯坦布尔的代表建筑。它北起加拉塔高塔，南至艾米瑙努码头，在 160 年前，这座桥便是城市的生命线。它起初是由木头建造，后来改用石头，最后再转变为钢筋混凝土，它是连接南北方的纽带。现存的加拉塔大桥已经是历史上的第五座了，建成于 1994 年，大桥全长 490 米，中间有桥闸可以打开让大型船只通过，桥头两端是众多轮渡的始发站和公交总站。这里每日车流不断，人来人往，热闹非凡，特别是到了周末，钓鱼的人们密密麻麻地趴在大桥栏边垂钓，场景蔚为壮观，收获虽然不太多，但是到这里钓鱼却成了附近百姓生活中一件乐此不疲的趣事。

你可以在加拉塔大桥上漫步，欣赏蔚蓝色的海峡，看桥两侧的清真寺和高塔，看朝阳升起、夕阳落山，看往来的过客，看悠闲的土耳其大叔如何垂钓，如何做生意。如果时间允许，还可以在大桥底层的餐馆品尝海盐烤鱼的美味，看着海景吞云吐雾地体验一下土耳其大烟枪的滋味。总之，这里是个享受浓厚世俗生活气息的地方。

加拉塔大桥因其北端的加拉塔高塔而命名，这座有着锥形尖顶的高塔最早建于 6 世纪初，高塔曾作为金角湾的指路灯塔，远远地就能望到。它曾经当作监视塔、天文台，也曾当作牢房，现在的这座塔是 14 世纪一场大火后重建的。在塔周边的区域是新城区，登塔可眺望新旧城区全貌。当我们穿过大桥来到塔下，等待登塔的队伍已经排过一个街区，于是只好作罢。

我和老孙继续在城区游荡，来到一处卖水果的临街小店，摊上水灵灵的瓜果令人垂涎欲滴。店家是一位花白胡子的“老穆斯林”，葡萄标价 4 里拉（1 里拉约等于 2.2 元人民币）一公斤，于是我便招呼老者为我称一公斤，然而电子秤显示 48.00，这 48 里拉一公斤的葡萄委实让我吓了一跳，心想一定是遇到了宰客的黑店家，于是转身就想一走了之，然而这老头儿突然一把紧紧地抓住了我的手臂，执意不肯放我走，老人这突然的举动令我心脏突突直跳。人生地不熟的，看看旁边的老孙也是束手无策，无奈之下还是掏钱买吧，遂将一张 50 里拉给了老人，就算今天倒霉当一回冤大头。然而当我走的时候，老人又一次抓住我，找回了 45.2 里拉，我这才搞明白，原来是电子秤单位显示造成了这次误会。我与老人会心一笑，相互告别。

一场误会之后，吃在嘴里的葡萄更显得甘甜可口了，不过老人紧紧攥着我的感觉还是在手臂上停留了好一阵子。

10 月 10 日这天非同寻常——我的生日，家人给我发来微信祝福。由于经常在外采访，我已经习惯每年的生日在外度过。然而不幸的是，从晚上的电视新闻报道里知道，就在当地时间 10 日早晨，离台北中山纪念馆不远的火车站发生一起爆炸，死 86 人，伤 186 人，起因是两名自杀式袭击者制造了爆炸案。

土耳其总统埃尔多安 10 日发表声明，强烈谴责首都安卡拉的爆炸袭击事件。土耳其全国降半旗并为遇难者哀悼三天。

三天前，我们还曾到过安卡拉，拜谒了土耳其国父凯末尔陵墓。从事件发生的概率上来讲，我们勉强算是躲过一劫。此次事件使我对土耳其美好的印象大打折扣。由此可见，具有复杂历史与宗教社会背景的土耳其至今仍没有得到完全平静，它始终身处东西方历史文明与现代化文明的焦点上。

“安拉至上！愿真主保佑土耳其。”

回到酒店得到消息，今天去办理签证的队员未果，由于办理赴意签证新规定，这些队员的签证必须返回国内办理。这些队员有东南汽车的刘爽、小段，摄影师樊战文，西风站的王伟、王帅毅、王寒杰、毛英杰，翁周强、郭金梅夫妇以及队长龚正，他们都要回国办签。厦门电视台摄像师廖世伟的工作到土耳其完美结束，后续的摄像工作将由刚到来的黄诗升接任。至此，返回国内的队员共 11 人。这些队员计划到北京办妥签证后再赴意大利和队伍会合，参加米兰世博会。余下的 10 名队员：曾凡人、袁爱军、周怡然、刘俊梅、王思维、黄诗升、孙晓岭、吕文静、闫芳和我，将沿着“一带一路”万里行的既定道路继续前进。

再见！土耳其。

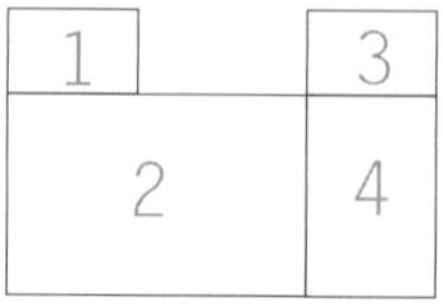
1
3
2
4

1. 现代与传统并存的城市
2. 桥下码头游艇即将离岸
3. 大巴扎提供炊饮的茶室
4. 加拉塔大桥码头的画舫
· 土耳其伊斯坦布尔

刚从苏莱曼清真寺出来的女子 · **土耳其伊斯坦布尔**

6 希腊
Greece

初识爱琴海·港口风情卡瓦拉

希腊，这个曾经有着辉煌文明史的古国，这个欧洲文明的源头，这个曾经在科学、哲学、艺术方面做出巨大贡献的地方，我深切期待领略你那光辉灿烂的风采，亲眼看见那风韵犹存的神圣殿堂，仰望那些庄严的大理石柱头，细品那一尊尊充满人类智慧与爱情的雕像，重温史诗《伊利亚特》《奥德赛》的故事。

希腊，我终于来了。

10 月 11 日早晨，车队 7 ： 30 准时出发，前往希腊边境城市卡瓦拉。由于一部分队员回国办理签证，目前 8 辆车只剩 10 名队员，驾驶车手严重不足，前往土耳其和希腊的边境口岸伊普萨拉的这段路，只好雇用当地的司机开车了。

口岸通关的时候，正下着小雨。雇用的三位土耳其司机只能将车子开到边境口上，不能再往前进，因此有 3 辆车需要队员自己驾驶通过关口，过境后再由希腊的朋友接车继续行驶，因此曾、袁两位队长临时决定，由我、老孙和刘俊梅三个虽有驾照，但没有熟练驾驶手动挡经验的“二把刀”分别驾驶③、⑧、⑤号车过关。为了顺利通关，三个生手在附近没人的道路上反复演练了几次，车子虽然前进得磕磕巴巴不时还会熄火，但是我们三个“二把刀”总算把手动挡 DX7 缓慢地开动起来了。

也许缘于希腊是欧盟成员国的关系，从土耳其至希腊边境通关非常顺利，没有复杂的安检和审核过程。

虽然我在不到 500 米的距离内熄火无数，但还是及时改正了挂错的档位，亦步亦趋地跟着车队驶出了土耳其海关，神色庄严地踏上了伟大的希腊国土。

入关后，曾队如释重负大为欢喜，对我们大加称赞的同时还声称要请我们吃大餐。大家因此自嘲道：“我们此举纯属‘无照驾驶，跨境犯罪’。”

希腊这边，欢迎我们到来的接车司机是几位在希腊生活了多年的华人小郭以及向导大牛等一行年轻人。

下午 3 点，车队抵达爱琴海港口城市卡瓦拉。

爱琴海，灿烂文明的起源，名字听上去都那么温情浪漫，卡瓦拉则是爱琴海沿岸美丽如画的城市。它是希腊北部第二大城市，人口仅有 6 万。卡瓦拉因丰富的旅游资源而知名，是来希腊不可错过的城市之一。

傍晚，霞光灿烂，卡瓦拉海边港湾停泊着各色各样的游艇、渔船。出海归来的一家三口正在麻利地整理着船帆，一个金发小女孩羞涩地向我们招招手，然后一头躲进船舱。从远处海边山坡上古老的城堡与城墙可以感到这是一座历史悠久的古老城市。这座城市最起眼的地标性建筑恐怕就是卡瓦拉城堡了，眼前的建筑建造于 15 世纪，饱经风雨，低诉着这座城市的久远历史。

卡瓦拉最初由来自帕罗斯岛的移民于公元前 6 世纪建立，后因在附近发现金矿而变得繁荣。公元前 168 年，卡瓦拉成为罗马共和国的一部分。14 世纪末，土耳其人开始了对这里的统治，16 世纪时定名为“卡瓦拉”，曾是希腊人、土耳其人和从匈牙利来的犹太人的聚居地。直至 1913 年，卡瓦拉脱离土耳其人的统治成为希腊领土的一部分。

傍晚，我和老孙顺着海岸一路沿小径登上古堡坐落的山上俯瞰爱琴海，深蓝色的港湾被霞光笼罩得一片金黄，身旁古老的灯塔好似一位白胡子老翁静静地望着大海尽头，为远航的人们指明着道路。山脚下，惊涛拍岸，海浪打在横

卡瓦拉古堡城墙与海港码头 · **希腊卡瓦拉**

日暮下海岸的灯塔 · **希腊卡瓦拉**

卧在悬崖岸边的巨型大理石石料上，高高地溅起一片浪花。

希腊是一个名副其实的躺在大理石上的国家。在希腊，无论是高山大陆还是丘陵岛屿，地底下无不蕴藏着各种品质的大理石，其储量及种类均为世界第一。究其国名，希腊一词在古希腊文里确切的意思就是“闪光的石头”。

透过眼前这几块巨型大理石，我仿佛看到了雅典卫城和巴特农神庙。当我感叹于维纳斯和尼凯胜利女神雕像的时候，我们不禁要感谢造物主给予希腊的天赐之物——大理石。正是这些大理石，使一个个神话人物栩栩如生地从天上来到凡间，使我们再也不耻于自己的身体，以纯洁无瑕的目光欣赏人体之美。正是大理石使这些代表着古希腊建筑和雕塑艺术顶峰的精美作品得以不朽，使今天的人们仍然能够真切地感受到古希腊文明的辉煌灿烂和无穷魅力。

当夜幕降临，充满浪漫风情的卡瓦拉海边，海水清澈见底，成群的小鱼儿在水下追逐游弋，远处灯光照亮了山上的古城堡。悠闲的卡瓦拉人除了在酒吧小叙，情人们会在夜色下亲吻，老人们喜欢在海边垂钓，感受着清爽的海风。

希腊卡瓦拉·海岸边被风吹浪打的巨型大理石材

卡瓦拉是一座将自然和人文完美融合的城市，不仅有充满浪漫风情的港口，也有历史遗留的众多古建筑，是享受自然，回味历史的理想之地。

路过温泉关·斯巴达 300 勇士

10 月 12 日早晨，我们乘着朝霞，抓紧时间拍了卡瓦拉不远处的古代高架双层拱形引水渠。现在保留下来的水渠长度已经不足两百米，四周已经杂乱地布满了各式民宅和停车场，汽车可以在水渠的各个拱洞间穿行。要想拍出古代水渠当年的风姿来已经很难。

车队继续前行，目标雅典。卡瓦拉至雅典约 700 公里，沿途风光宜人。山丘上墨绿色的橄榄树，层林尽染，一栋栋红瓦别墅偶尔穿插在绿色的田野。转过山来，蔚蓝色海面碧波万顷，天空云蒸霞蔚，变化万千。沉浸在这良辰美景之中，一路恍若画中游。据当地华人司机说，这种天气在这里是常态。爱琴海山川秀丽，人杰地灵，正所谓一方水土养一方人。仅从地理环境上来比较，这里才真正算是适合人类生存居住的摇篮，在我们眼里，这里就像是仙人的居所！

回眸“一带一路”万里行近一个月走过的路程，从艰苦程度上前后相互比较，越向西走，城市、道路以及自然环境越优越。虽然每日路途仍然很长，时间仍然紧迫，但是心情却越感到轻松愉快，车队状态渐入佳境，因为大家知道，迎接我们的每一天将会越来越好。

希腊第二大城市塞萨罗尼卡从身边一忽而过，大家被告知，前方即将到达著名的温泉关——斯巴达 300 勇士战死疆场之地。

车队在一处前不着村后不着店的山间公路边上停下来，下车的人揉着眼睛急着去解手，车外面离公路不远处，有一堵白墙，正面望去，墙头中央跃然矗立着一个青铜像。下午的天空像一片浓重的蓝色天幕，覆盖了整个墙的背景，看上去仿佛一个演说的舞台。就在这样空旷的蓝色背景里，斯巴达的英雄——列奥尼达一世，头顶马鬃头盔，右手举矛，左手持盾，正以不可一世的姿态欲将手中的长矛投向远方。

峰回路转，绿树葱茏，浮云漫卷，飞鸟不鸣，阳光灿烂得让人睁不开眼，连空气中都弥漫着慵懒意味。就是这么一个安静的地方，竟然是传说中慷慨悲壮的温泉关战役纪念之地。

故事发生在古代希腊，公元前 400 年 ~500 年正是波斯帝国的兴盛期，先

希腊温泉关·斯巴达 300 勇士温泉关之战纪念碑

后曾与希腊各城邦及亚历山大大帝爆发战事。公元前 492 年 ~ 公元前 490 年，波斯军队两征希腊均遭失败。新即位的波斯国王薛西斯一世并未就此罢休，他继承先王遗志，积极扩军准备更大规模的远征。希腊人为抗击波斯再次入侵，于公元前 481 年结成以斯巴达和雅典为首的有 30 多个城邦参加的军事同盟，推举拥有强大陆军的斯巴达为盟主，组建希腊联军，准备迎敌。

公元前 480 年，薛西斯一世亲率波斯军十余万人，战船千余艘，渡过赫勒斯滂海峡，迅速占领了北部希腊，并南下逼近温泉关。

希腊联军统帅斯巴达国王列奥尼达闻讯后，急率先期到达的希腊联军 7000 人，扼守温泉关。这个关隘附近的村庄有热涌泉，因而得名温泉关。这温泉关是一个易守难攻的狭窄通道，一边是大海，另外一边是陡峭的山壁，可谓一夫当关，万夫莫开。列奥尼达把 6000 名官兵配置于狭窄通道一线，令 1000 名官兵把守温泉关山后的小道，以防波斯军从后面偷袭。

波斯大军一连几次进攻都被希腊守军击退，希腊人一连数天始终严阵以待，薛西斯一世一筹莫展。不料，当地一希腊人背叛守军，跑来指给波斯军队通往温泉关背后的一条小路。波斯军队发动奇袭，打开了关口。列奥尼达在腹背受敌的情况下，为保存实力，命令联军主力撤退，自己则留下来率领 300 名斯巴达人拼死抵抗。第三天清晨，斯巴达人在列奥尼达指挥下与疯狂进攻的波斯军展开殊死搏斗，长矛断了用剑砍，剑折断了用石头砸，用拳头打，用牙咬，列奥尼达奋不顾身，勇猛杀敌，终于不幸阵亡。

斯巴达人为了保护国王的尸体，击退波斯军四次冲击，最后，在波斯军的前后夹击之下，斯巴达 300 名勇士全部牺牲，以自己的生命掩护了希腊联军主力的撤退，波斯军以损失 2 万人的代价才攻破温泉关。希腊军队在这个狭小的关隘凭借着有利地形和英勇顽强，阻挡了在数量上几十倍于自己的波斯军队。

温泉关之战是第一次波希战争中马拉松战役之后第 10 年，波斯帝国和古希腊的又一次具有历史意义的交锋，也是第二次波希战争中的一次著名战役。

希腊人为了纪念阵亡将士，在温泉关立起了石碑，上面刻着：过客啊，去告诉我们的斯巴达人，我们誓忠死守，宁在这里粉身碎骨。

纪念墙面上的白色大理石浮雕，再现了战场上斯巴达战士在刀光剑影、惊心动魄的战争中，英勇顽强、拼死抵抗的惨烈场景。高墙两端还各有一座白色大理石雕刻而成的古希腊风格的男性卧像，身材健美阳刚。他们侧身而憩，仿佛正在镇守着殒命战场的 300 名勇士们的英魂。

英雄悲壮的故事感染着我们，10 位队员“勇士”展开“‘一带一路’万里行走进米兰世博会”横幅，在雕像前与英雄合影。

雅典，雅典 · 古老文明在召唤

迎着殷红的夕阳，我们的车队终于抵达雅典城。

传说雅典娜和海神波塞冬争夺这座城市时，宙斯决定，谁能给人类一件有用的东西，城就归谁。波塞冬用他的三叉戟敲了一下这个城的岩石，一匹战马破石而出，成了战争的象征；而雅典娜则用她的长矛敲击岩石，岩石却长出一株橄榄树，这被人们认为是和平的象征。于是这座城归了雅典娜，从此她便成为雅典的守护神。希腊首都雅典就是以雅典娜的名字命名的。

我们下榻的酒店地处古城中心区域，我和老孙趁着夜幕从窗子远远地向外看，影影绰绰地见远处山坡上有个建筑物，用长焦镜头拉近观望，以为那就是

从雅典卫城山门看帕特农神庙·**希腊雅典**

雅典卫城，于是赶忙定位搜寻，最后终于确认那不过是雅典一座气象台而已，并非想象中的雅典卫城，于是早早安歇，期待着明天尽快到来。

如果说世界上有所谓令人心驰神往的神圣建筑，相比之下有几个能与“神圣之地”古代雅典卫城相媲美呢？我们对那座雅典圣殿的向往程度可想而知。

10 月 13 日一早，队员驱车来到向往已久的雅典卫城脚下。在碧蓝的天空衬托下，抬眼就可看到仍然被脚手架遮挡着的洁白如玉的帕特农神庙，我的内心好一阵激动。为了躲开雅典卫城的人流高峰，向导建议我们先参观雅典卫城博物馆，于是只好压抑住心中强烈的欲望，回头望着帕特农神庙，依依不舍地向雅典卫城博物馆走去。

雅典卫城博物馆位于雅典卫城的东南角，这座现代博物馆在距离雅典卫城不到 400 米之处拔地而起，在雅典卫城遍地的古迹中，这座现代风格的玻璃建筑异军突起，十分惹眼。它是一座凌驾于公元 4 ~ 7 世纪的雅典遗址废墟上的建筑，展现的是一段古希腊活生生的艺术史。它的建筑面积是原旧卫城博物馆的 10 倍，整个建筑内部结构与帕特农神庙的内殿相似。这里收藏了诸多 19 世纪以来从雅典卫城及其周边古迹出土的文物。这些文物陈列在新卫城博物馆的第一和第二层，而第三层，用来陈列那些可能收回的流失文物，这其中就包括

所有希腊人最期待的、被誉为大英博物馆镇馆之宝的“埃尔金大理石”。

进入博物馆宽敞的大厅，一条缓缓向上的通道引导你参观博物馆珍藏的瑰宝。流连于古希腊的雕像间，亚历山大大帝年轻时的雕像、暴君尼禄的母亲，两千多年前的面庞依旧生动。古希腊的雕塑生动写实，尤其是那些人体石雕，造型解剖精确，比例匀称优美。今天看来，那些残断的肢体反而更加鲜活有力，仿佛要逼近你的面前，大有呼之欲出之感。远在两千多年前，古希腊人就已经将科学与艺术完美地结合起来，不禁令人深深感叹。上到二楼，映入眼帘的是一组著名的五尊女像柱雕像。群雕脚下坐着一群小学生，正在认真听老师的讲解。二楼有间舒适的咖啡厅，咖啡厅外是宽大的阳台，与雅典卫城近在咫尺，仿佛触手可及。

博物馆的三层则是再现帕特农神庙雕刻的主题文物馆，但是很多展品，包括帕特农神庙雕刻的精华部分——著名的“埃尔金大理石雕”，却是由石膏复制品代替。究其原因，原来在两百多年前的 1801 年，一位驻奥斯曼帝国（希腊 20 世纪初的宗主国）的英国大使名叫埃尔金的勋爵，从土耳其奥斯曼皇帝手中买到一部分帕特农神庙石雕，分解后运回英国。埃尔金勋爵宣称他有奥斯曼帝国苏丹王的特许证明，只要他不破坏古庙的墙体，他就可以搬走庙中的任

帕特农神庙巨大门楣建筑上的装饰雕塑复原模型 · **希腊雅典**

雅典卫城博物馆内可望见雅典卫城 · **希腊雅典**

何东西。

埃尔金雇用工匠，把表现雅典娜功勋伟业的巨型大理石浮雕群像劫走。这批稀世珍宝有些在野蛮的斧凿锯断的拆解过程中破碎损毁，有些因航海遇难而石沉大海，成为千古之谜。他们将帕特农神庙上拆下的一块块精美绝伦的大理石雕，陆续运至大英博物馆展出，这些大理石作品雕刻包括圆雕、浮雕，是由战神、战马、女神等组成的群雕所表现的神话故事和庆典场景，这些雕像原来大多被安放在帕特农神庙巨大建筑的顶部，是神庙山墙和门楣建筑上的装饰物。

不料，这些展品却在大英帝国大放异彩，一时间举世瞩目。这些石雕最后被卖给大英博物馆，很快成为该馆的“镇馆之宝”。人们把来自帕特农神庙的这些雕塑中最精华的部分称作“埃尔金大理石雕”。从此之后，这些雕像就一直被存放于大英博物馆。雅典卫城博物馆根据复原图，将帕特农神庙的浮雕以及顶部的群雕复原并制成模型呈现给了观众。而那些缺失的部分——被埃尔金掠走的，现存于大英博物馆的帕特农神庙雕像被空出的展出位置，期待着完璧归赵，物归原主的那一天。

中午，高大的玻璃感光幕墙透射进柔和的光，馆内精美的雕塑正好与雅典卫城遥相呼应，相得益彰。

辉煌的圣殿 · 沉浸在雅典卫城

魂牵梦绕的神话，
百转千回的历史，
从美神维纳斯到万神之神宙斯，
今天，我终于见到你光辉荣耀的殿堂。

承载着世人“千年等一回”的渴望，这座曾经历尽千年风雨沧桑，饱受战争炮火摧残的，曾经神与人共舞的帕特农神庙，终于呈现在了我的面前。

对于一名摄影师或者说从事艺术的工作者来说，能够看到 2500 年前古希腊最重要的幸存建筑帕特农神庙，欣赏那神圣无瑕、外表残缺却又不失完美的人类创造的辉煌艺术，此生无憾。记得在我很小的时候，曾被一本《摄影指南》里一张帕特农神庙的彩色照片所深深迷恋。

雅典卫城或许不是古代七大奇迹之一，但恐怕是被世界所公认的，这颗蓝色星球上最著名的遗迹之一。神庙始建于公元前447年，正式启用是在公元前438年，它全部用白色大理石砌成，借着盛大的节日奉献给女神雅典娜。帕特农神庙是希腊全盛时期建筑与雕刻的主要代表，它既是希腊国宝，同时也是人类艺术宝库中一颗璀璨的明珠。

雅典卫城最迷人之处就是它地处雅典的市中心，帕特农神庙海拔247米，矗立在凸起的山岩之上，在城里的任何地方抬头就可望见。遥想当年，站在帕特农神庙一定可以看到南面8公里以外的蓝色爱琴海，同样，航行在爱琴海的帆船也能远远一睹雅典卫城帕特农神庙的神采。虽然已近中午，雅典卫城仍然人头攒动。中国有句俗话叫“不到长城非好汉”，对于来自世界各地的访客而言，来到雅典却不登上卫城恐怕也是件难以想象的事情。

沿着通向山门的洁白光滑的大理石台阶拾级而上。因为卫城的修葺保护工作几十年里一直都在缓慢地进行着，所以现在仍然可以看见帕特农神庙正面一部分的脚手架。湛蓝的天空飘浮着洁白的云朵，仰视阳光下那些多立克式大理石柱，泛着略带金色的柔和光泽，帕特农圣殿全部由巨大且雕刻精准的大理石构件筑造而成，其宏大的尺度显得气宇轩昂，威严而神圣，叫人看了不免心生敬畏。透过那些脚手架，闭上眼睛仿佛可以看见当年人们建造卫城时的壮丽场景。

帕特农神庙是雅典卫城的主体建筑，是为歌颂雅典战胜波斯侵略者的胜利而建，它代表了全希腊建筑艺术的最高水平。设计这座神庙的建筑师为伊克梯诺和卡里克利特，帕特农神庙呈长方形，正面向西，东西长70米，南北宽31米，神庙基座面积有近半个足球场那么大。庙内有前殿、正殿和后殿，外圈由46根大理石柱撑起了神庙。从外貌看，它气度非凡，光彩照人。它在继承传统的基础上又有许多创新，工程皆事无巨细精益求精，追求完美，巨石之间拼接得天衣无缝。由此成为古代建筑最伟大的典范之作。它东西两面是8根多立克式柱子，南北两侧则是17根。多立克式柱高10.5米，柱底直径近2米，其高宽比超过了1 ：5，柱身显得更加颀长秀挺。东西山墙顶部最高处距离地面19米，其高与宽的比例约为19 ：31，接近希腊人数字之美——“黄金分割比”，这一设计在不知不觉之中让人感到建筑的和谐优美。

帕特农神庙是供奉女神雅典娜的最大神殿，帕特农原意为贞女，是雅典娜的别名。在帕特农神庙里，原来还供奉着一尊高达12米的雅典娜女神的巨型雕像。该神像设计灵巧，据说可以搬动或转移隐蔽。古人的描述是这样的：她

雅典卫城山上的伊瑞克提翁神庙，**希腊雅典**

站立着，长矛靠在肩上，盾牌放在身边，右手托着一个黄金和象牙雕的胜利之神；黄金制造的头盔、胸甲、袍服色泽华贵沉稳，象牙雕刻的脸孔、手脚、臂膀显出柔和的色调，宝石镶嵌的双眼炯炯发亮……这座由古希腊最伟大的雕刻家菲迪亚斯精心制作的绝世珍品，显示了当时雅典充盈的财富。公元 146 年，雕像被东罗马帝国的皇帝掳走下落不明，如今它只存在于古人的描述之中了。

帕特农神庙那条长达 160 米的浮雕，历来被认为是希腊浮雕的杰作。它以雅典娜节上市民游行庆祝活动为主题，把普通公民的形象堂而皇之地列于庙堂之上。游行的核心内容就是把雅典少年精心编织的一件新袍献给雅典娜，殿堂一周 160 米长的浮雕正好用来表现从游行开始到献袍的全过程。

在现存的浮雕中，仍然可以看出浮雕的鬼斧神工，特别是雅典青年骑马游行的大段浮雕，无论是昂首前奔的骏马还是执缰坐鞍的青年，都刻画得生动盎然。人的体态、马的动态以及飘扬的衣襟都处理得栩栩如生，恰到好处，激烈运动和兴高采烈的神情之中又饱含着端庄典雅之美。而且他们的身形面容、个

希腊雅典·雅典卫城博物馆陈列的少女石柱复原模型与不远处的石雕复制品

性气质各异。他们的各种动作或跳跃飞奔，或驻步暂歇、备鞍等，众多人和马的形象无一雷同，整个浮雕有如一首壮丽的交响乐。相比之下，那些从容缓步的少女则带着一分安静庄重、雍容华贵的风韵。少女们或单独或结伴而行，还有男性长者对她们指引训示。通过细密如丝线的衣褶，艺术家把原本单调的构图处理得丰富而生动，突出了少女们文静贤淑的风度和坚实健美的体形。后人把它形容为“伟大的单纯和静穆的壮伟”。

帕特农神庙的 92 块间板浮雕，则以神话传说中希腊人与异族斗争并取得胜利的故事为题材，每块浮雕雕刻的都是一幅厮杀图景，精彩绝伦。在当时伟大的雕刻家菲迪亚斯监督下，神庙的部分雕刻被认为是世界上最好的浮雕，细节之精美令世人惊叹。

帕特农神庙几经天灾人祸，历尽人间沧桑。公元 393 年它被改作基督教堂。在土耳其统治时期，它又成了伊斯兰的寺院。公元 1687 年威尼斯军队炮轰城堡，引爆了土耳其人堆放在神庙里的炸药，把庙顶和殿墙全部炸塌。希腊考古学家曾经这样描述：“三圣所的四面墙几乎面目全非，3/5 的雕塑跌坏，大约 300 人死于这场爆炸，无数大理石碎片也飞落在这附近。”19 世纪初，硕果仅存的艺术品又遭到埃尔金洗劫，只剩下石柱巍然耸立的躯壳。

离帕特农神庙左侧不到一百米的地方就是伊瑞克提翁神庙，也是雅典卫城的著名建筑之一，该建筑设计精巧，是雅典卫城建筑中爱奥尼亚样式的典型代表。传说这里是雅典娜女神和海神波塞东为争做雅典保护神而斗智的地方。这个神庙的名字不易让人记住，但那挺立的六个美少女石柱却深深印在了人们的脑海，少女柱成了这里的代名词。

伊瑞克提翁神庙东面是传统的六柱门面。神庙南侧像耳房一样伸出一处小型柱廊，柱廊由正面看 4 尊、两侧看 2 尊的少女大理石雕像代替石柱顶起廊沿，设计充分体现了建筑师的智慧，是这座神庙最引人注目的地方，在古典建筑中非常罕见。这些雕像上的少女长裙束胸，轻盈飘忽，虽头顶千斤，却亭亭玉立。由于石顶的分量很重，而为了让 6 位少女顶起沉重的石顶，颈部必须设计得足够粗，这将影响其美观。于是建筑师给每位少女颈后保留了一缕浓密的秀发，成功地解决了建筑美学上的难题，因而举世驰名。如今卫城山上伊瑞克提翁神庙的这 6 位美少女都是复制品，其中 5 尊少女雕像原件已安置在旁边的卫城博物馆里，另一尊被埃尔金运走，正在遥远的大英博物馆里。

神庙建筑历经沧桑，如今也只能依据这几根少女像柱想象当年的繁华了。

作为雅典卫城的一部分，雅典卫城的南坡是酒神狄奥尼索斯剧场，西面是阿狄库斯音乐厅。

狄奥尼索斯剧场建于公元前 6 世纪，是希腊最古老的半圆形露天剧场。在这足以容纳 17000 人的剧场里，曾经上演过无数场埃斯库罗斯、索福克勒斯和欧里庇得斯的悲剧作品及阿里斯托芬的喜剧作品。剧场依山坡而建，规模宏大，从观众席上能看到远处乡村的秀美景色。

帕特农神庙以及其他卫城主建筑成了象征雅典政治文化繁荣时期的标志，是西方建筑史上最伟大的建筑。更令我深感敬意和羡慕的是，希腊雅典神庙之所以伟大，是因为它不仅仅意味着雅典人对神的尊崇，也不仅仅体现了雅典人对艺术的创造，它还体现了雅典民主政治的萌芽。在神庙内的巨型雕塑描述雅典人庆祝节日的盛况，其含义正是“所有雅典人的节日”，表明修建神庙的决定来源于城邦所有公民的直接投票。另外，工程的预算和开支都被刻在石头上，供城邦每一位公民监督。与现今的世界政治体制相比较，一些国家的民主状况远不能和当年的雅典民主政治相比较。

奥林匹克的橄榄枝 · 奔跑在古老的竞技场

第二天的雅典，晴，天空的云仍然璀璨绚烂。

雅典奥林匹克竞技场，是在雅典古运动场的废墟上重建而成的。对于每一个喜好奥林匹克运动的人来说，到希腊奥林匹亚山去朝圣成为一种终生的信念和梦想，如同穆斯林到麦加朝圣先知一样。这种朝圣是一次洗礼，当你回望历史并目睹过古代奥林匹克运动场所，便会知道奥林匹克圣火为何经久不息了。

奥林匹克竞技场是第一届国际奥林匹克运动会的会址，第一眼看上去，和现代奥运场馆相比并不显得很大。从入口远望，它好像一只巨碗，托起天空一朵朵变幻莫测的白云。这是一座“U”型建筑，开口处向西，是竞技场的大门和运动员入口，门口的墙壁上镶嵌着五色环。场内两根平行的线，顶端连接着一小段弯弯的弧，阳光下漆黑的跑道分外醒目。梯形看台全部由条状米色大理石筑就，显得冰清玉洁，华美而古朴。当你站在空旷的跑道，看着周围的大理石座席，耳畔好似响起胜利的欢呼和呐喊，一种莫名的庄严与神圣随之而来，竟有要和想象中的古代奥运健将一决高低的冲动，令你身不由己地沿跑道跑上一圈。当你一口气登上九十多层大理石台阶来到看台顶端，俨然成了一位荣获橄榄枝的优胜者。

透过大理石垛口向西南瞭望，忽然看到1公里之外的一座突兀的山冈，山冈上方方正正地矗立着那存在于神话与现实中的帕特农神殿，和这里的竞技场遥相呼应。脚下这座可容纳万名观众的场馆，是17世纪末由雅典的扎巴和阿维诺夫出资，仿造古希腊竞技场的格局建造的。到这里参观的人们看到的仿佛不是激烈的竞技场，而是一件精致的具有象征意义的艺术品。

1896年4月，在希腊首都雅典举行的夏季奥林匹克运动会，是第一届现代意义上的奥林匹克运动会。

在欧洲14~16世纪文艺复兴运动中，随着古代奥运会遗址和艺术品的不断发掘，这些人体艺术品唤起了人们对奥林匹克运动的向往。人们热烈地歌颂古希腊的体育竞技精神，再度回想起泯灭久远的古希腊奥运会。顾拜旦让奥林匹克运动变成了现实。

法国教育家顾拜旦是公认的现代奥林匹克创始人，他为奥林匹克运动的诞生和发展做出了卓越贡献。1889年，顾拜旦代表法国参加在美国波士顿举行的国际体育训练大会，进一步了解了世界体育的动态，他认为近代体育的发展正在走向国际化，应该借助古希腊体育的经验和传统影响来推进国际体育，于是产生了复兴奥运会的想法。为了实现这一想法，顾拜旦做了大量的工作。

1892年，顾拜旦遍访欧洲，宣传奥林匹克理想。顾拜旦阐明：现代奥运会应该像古代奥运会那样，以团结、和平和友谊为宗旨，并有所发展，有所创新。它应该向一切国家、一切地区和一切民族开放，并在世界各地轮流举办。顾拜旦的倡议，使现代奥运会从一开始便冲破民族和国家的界限，具有鲜明的国际性。

终于，首届奥运会于1896年在希腊首都雅典举行。大会规定奥运会每四年举行一次，通过了遵循“业余运动”的决议。大会规定奥运会的比赛项目为田径、水上运动、游泳、赛艇、帆船、击剑、摔跤、拳击、马术、射击、体操、球类运动等。

这届奥林匹克运动的正式诞生具有继往开来的意义。在希腊这个古老的神话王国里，那束由雅典保护神雅典娜带到人间的、神赐予人类和平幸福的、象征着荣耀的橄榄冠，再度戴在为和平、公正而竞争的竞赛者们的头上。奥林匹克运动从此登上历史舞台，揭开了人类文明史上又一页新的篇章。

蓝天白云下的奥林匹克竞技场安详不语，来自世界各地拜谒它的人们川流不息。无论天空的云朵如何变幻，奥林匹克精神都将永存不朽。

雅典卫城山上的伊瑞克提翁神庙的六根少女像柱 · **希腊雅典**

从奥林匹亚宙斯神庙遗址看雅典卫城 · **希腊雅典**

他乡遇知音·见证希腊华侨的善举

我们来到希腊雅典的这两天里，当地的华侨华人组织对我们的到来给予了极大的关注，他们像对待远方来的亲人一样，给予我们盛情的款待和热情的帮助。此时也正赶上世界难民潮闹得沸沸扬扬。

在中东地区，由于大国之间的角逐，叙利亚国内政治和宗教的不断冲突，反对派与政府之间以及伊斯兰国恐怖组织的矛盾激化并发生内战，内战导致了叙利亚的公民纷纷逃离他们自己的家园，大量叙利亚难民经过土耳其穿过地中海来到欧洲寻求避难，由于一些国家接收难民的紧缩入境政策，部分难民被迫滞留希腊首都雅典。目前，雅典市的 3 个难民营均已无法再接纳更多的难民。

为了缓和人道主义危机，在希腊政府的倡导下，也为了更加积极地融入当地主流社会，希腊华人华侨商会积极响应希腊政府号召，筹措救助物资达 25.6 万欧元。10 月 14 日这天，我们车队有幸随着当地华侨组织驱车前往雅典的难民援助物资接收中心，见证了中国侨民的慈善义举。

队伍由几辆满载救灾物资的封闭货车打头阵，车身上都贴着“为难民献出一份爱心，点亮心中一片希望”“志愿难民，真心相助”的标语。排列整齐的车队在雅典市区穿过，鲜艳的五星红旗在车子上迎风飘扬。一路上得到了雅典市民的瞩目和赞扬。此时此刻，作为中国人，自豪之情油然而生。

在高峰时，旅居希腊的华侨华商总数曾一度达到 3 万人左右，他们主要来自国内浙江省青田、温州、福建各省。年轻的华人族群在该国人口所占比例虽然不到 1%，但是他们为希腊各级政府提供了有力的税源，为广大中低收入的希腊民众提供了大量质优价廉的日用消费品。希腊政府曾多次肯定希腊华侨以及华商为该国经济繁荣、促进希中两国经济合作和文化交流所做出的贡献。团结互助向来是华人族群的优良传统，特别是雅典华侨华人为打造“外国人模范侨区”不遗余力，重视内部团结和侨区建设，积极融入希腊主流社会，同时不忘回报祖国和家乡。希腊侨民热爱自己的祖国，同时也热爱着生活和工作着的这片土地。希腊经济近几年也陷入了前所未有的困境，华侨华商在逆境中求发展的同时，不忘回馈社会，他们以实际的行动，向希腊国家和人民展示了中华民族传统的友好、团结、互助等美德，并力争创建希腊最和谐的移民社区，同时愿意和希腊人民携手度过债务危机。

这次救助行动只是旅希华侨华商自发组织的公益慈善活动之一，希腊华侨华人总会名誉会长陈兵雷在接受我们的采访时表示：“在灾难面前，不分国家，

登上雅典卫城山顶必经的山门·**希腊雅典**

不分男女，不分贫富，大家只要献出一份爱心，就会给难民带来一份温暖，带来一份希望。”他同时也希望能发动更多的希腊华侨华人参与到救助行动中来。

就像此次万里行活动一样，加强国与国、民族与民族以及各个文化之间的沟通与合作交流是我们的主旨，队员们为能够亲自参并见证旅居希腊的同胞们帮助叙利亚难民的慈善活动感到自豪和荣幸，同时感到祖国的日益强大，身负的责任与影响力与日俱增，中希这两个历史悠久的文明古国，正以实际行动延续着友好互助的美好传统。

身负美好的使命，告别美丽而神秘的希腊，我们继续向意大利进发。

浪漫夜航 · “极速号”穿越亚德里亚海

10月14日下午6点，车队赴希腊帕特雷港，将登上去意大利的“极速号”渡轮。

老远我们就可以看到帕特雷港停泊着的“极速号”那巨大的身躯，船尾打开的货舱口像一只狮子张开的巨口，似乎能把一切吞噬进去。这艘客货两用渡轮航行于亚德里亚海域，往来穿梭于希腊帕特雷港和意大利巴里港之间，是从希腊避开陆路通向意大利的最便捷的海上通道。

此时，来自国旅的队员吕文静和闫芳的任务到希腊为止已经圆满结束，而我们剩下的8位队员驾驶的8台车依次钻进了“极速号”

那巨大的地下车库，乘坐这艘渡轮成了我一次难得的美好体验。

甲板上有四层客舱，甲板下分三层车库，最下层停放小车，中层为中型货

车，上层为重型集装箱货车。队员乘坐车库电梯来到甲板层，转来转去，如走迷宫般才找到自己的舱位。四人双层的舱室虽然紧凑，但仍有独立卫生间，舱室一角还设有小型淋浴间，我依旧和老孙俩人共居一室。安置好行李后从船舱来到甲板，听着低沉悠扬的汽笛声声，看着船尾拖起的层层浪花，蓝白两色的希腊国旗迎风飘扬，帕特雷港徐徐远去……

“再见！女神，再见！希腊。”我双手合十心中默念。

通红的晚霞笼罩着天空，黑色的大海平静得好似睡着了的孩子。此生头一次乘坐这样大的巨轮，记忆中似乎头一次见到这样如梦似幻、如此绚烂的晚霞，身边的一切竟显得那么不真实，有如身处电影《泰坦尼克号》中邮轮乘风破浪的场景里。

我与老孙背着相机在渡轮各层之间穿梭往来，也偶尔迷路。我们抓紧机会，

从伊瑞克提翁神庙一侧看帕特农神庙 · **希腊雅典**

午后阳光下的帕特农神庙 · **希腊雅典**

希腊帕特雷·“极速号”渡轮驶离希腊帕特雷港

各自兴奋地寻找着自己的拍摄点。没多久，夕阳逐渐接近海平面，就在那火红的圆盘切向地平线的瞬间，一艘货轮正好从中间穿过，遗憾的是我没有装长焦镜头，回船舱取肯定来不及，只好眼睁睁地看着船只从太阳与大海之间缓缓驶过，这番惊人的美景也只能储存在我美好的记忆之中了。

清凉的海风吹拂着我的脸颊，宽阔的直升机甲板上剩我一个人，一瓶小酒过后，仿佛天地已不再遥远，天堂触手可得，离我如此之近，此刻若有翅膀，我一定会面朝大海，向着晚霞展翅飞翔。

渡轮上客人并不很多。虽然不及“泰坦尼克”般豪华，但设施却一应俱全，宽大的餐厅里绅士气派的服务生身着制服行动敏捷，传送着精致的美食。酒吧旁边有一处空无一人的小型赌场，里面一排赌博机发出花花绿绿的荧光，也许把这里称作游戏厅应该更适合。

皎洁的月色替换下了和煦的夕阳，黑色的大海波光粼粼，月光洒向甲板，反射着神秘之光，一对儿即兴的舞者正在甲板舒展起优美的舞姿，虽然没有音乐伴奏，眼前却好似响起了优美的旋律。此时的甲板也成了队长袁爱军和车手周怡然自由放松的舞台。月色射出大自然妩媚的灯光，大海的波涛不时为舞者鼓掌，对于长途跋涉近一个多月的“一带一路”万里行的队员来说，这是最轻松惬意的时刻，一个难以忘怀的难眠之夜。兴致勃勃的我直至乌云遮月，夜色浓重方回舱室。

船微微摇动。可以肯定的是，明日，当太阳升起的时候，我会遇见你，我期待已久的恋人—意大利，今夜，我将做一个被现实忘却了的好梦。

10 月 15 日晨。我听着东正教教士的早祷和船舷边修女的圣歌，面对亚德里亚初升的太阳道一声：早安！

昨夜“极速号”还空空如也的后甲板上，今早如变魔术般整齐地排满了集装箱大货车，咖啡厅内外也挤满了吃早餐的人，中间有不少留着胡须，叼着烟斗的大块头货车司机。由于我昨夜睡得香甜，“极速号”后半夜曾经停靠意大利西海岸安科纳港都未知晓，这些大型货车就是从那时登船的，因此一夜之间，船舷上司机和游客、教士同修女、老人与孩子、各类船客忽然变得多起来。大家攀扶着栏杆望着缓缓离近的海岸，“极速号”终于停靠在意大利巴里港。

martas

"极速号"渡轮行进在亚得里亚海，驶向意大利 · **希腊亚得里亚海**

意大利

7 Italy

队友归来·“一带一路”通罗马

意大利巴里港，大家等着集装箱大货车依次出船。底层货仓通道有若迷宫，一不小心便会选错路径。在车库三层，我与老孙拉着行李匆匆忙忙地四处乱转寻找出口，突然“哗啦”一声，老孙那没扣好的行李箱崩开，内容四处飞散，微型摄像机也飞出去老远。老孙急匆匆收拾行李，摄像机却被忽略落在原地，这只摄像机里可存有大量的影像信息啊！

队员们已经在货舱出口会合，等待将自己的车子驶出“极速号”。我忽然间想要方便一下，于是匆忙返回车库舱。当我来到三层车库，一位头戴安全帽长着络腮胡的车库调度员一声大吼，吓了我一跳，还以为自己哪里行为不当，正准备上前赔个不是。然而他却指指手里的微型摄像机，我这才恍然大悟：这不正是老孙那台摄像机吗？于是我急忙用蹩脚的语言和手势表明它正是我的同伴刚才落下的。这位“络腮胡”把东西塞给我，然后扬扬手臂，示意这里危险

圣天使古堡桥梁上雕有贝尼尼设计的 12 尊天使雕像 · **意大利罗马**

赶紧离开。我心中窃喜，千恩万谢后回到集合地，见老孙翻箱倒柜地正在那里着急呢。

8 位队员将 8 辆车子依次驶出“极速号”，巴里港至罗马大约 430 公里，车队开始踏上意大利的第一段旅程。沿途风光无限，景色分外妖娆。打开车窗，让风吹拂发梢，放松身心，准备拥抱意大利。“条条大路通罗马”这句话虽然经常挂在人们的嘴边，但在我的人生中旅途中，却从未料想到会以长途跋涉的方式来到意大利的中心罗马。这是我今生与意大利的一次邂逅，一段机缘。

高速公路上，车队一帆风顺，风驰电掣。下午 5 点 45 车队到达罗马，在市郊一处酒店下榻，晚餐安排在一处意大利特色餐厅。正值周末，用餐的客人很多，等待良久之后，终于可以享受一顿奶香松茸通心粉。烹调的器皿是一个罗马斗兽场的模型，所以这道美食的别名叫“斗兽场面”，由年轻漂亮的姑娘亲自操刀。当点燃面上葡萄酒的瞬间，“刺啦”一声，香气四溢，秀色可餐，于是大家狼吞虎咽、不亦乐乎，此时，袁队上前教了我们第一句意大利日常用语：皮阿诺，

CENTRO

实现眼前的梵蒂冈圣地——圣彼得大教堂·**意大利罗马**

意大利罗马· 卡拉卡拉大浴场硕果仅存的装饰雕塑构件

皮阿诺！意思是：慢慢来，慢慢来！

10 月 16 日上午，回国办理入意签证的队友们终于归来，大家在酒店大堂会合，曾经同甘共苦的车队队员们再次相逢，分外激动与亲切。顺利返回的队友共 7 人，他们是：东南汽车的刘爽、小段，摄影师樊战文，西风站的王伟、王帅毅以及翁周强、郭金梅夫妇。遗憾的是，王寒杰、毛英杰以及队长龚正由于其他事务缠身未能返回。接下来，车队会合了风雨兼程回归的队友们，准备参加驶入罗马的进城欢迎仪式。

罗马城从公元前 8 世纪诞生至今已有 2800 年历史，它是古代最强大的罗马帝国的首都。从那些无处不在的残垣断壁之中，我们可一窥这座古城当年的辉煌。罗马道路虽然狭窄，却一路畅通。车队从电影《罗马假日》中呈现的有“真理之口”的科斯美汀圣母教堂旁疾驰而过；行驶在台伯河畔，罗马最美的桥梁上雕有贝尼尼设计的 12 尊天使雕像与圣天使古堡，尚未来得及慰藉我的心灵，便从我的车窗边转瞬即逝，只留下记忆模糊的影子。罗马古迹遍布，我却无暇驻留观赏，内心总有那么一种送到嘴边的红烧肉忽然掉到地上的懊恼与遗憾。

中午的罗马老城道路相对狭窄，一时间车队全体停车吃饭成了问题，大家有些心绪不宁，我于是想起昨天意大利人的口头禅：“皮阿诺，皮阿诺！”

午后，晴空万里，白云飘飘，车队终于进入城区，顺利驶入罗马加里波第雕塑广场，罗马市民和当地华人华侨热烈欢迎车队抵达。

组委会成员们已经早早地等候在那里。中国驻意大使参赞姚成、“一带一路”

万里行活动代言人小提琴家盛中国、德丰利达集团董事长李纪丰、“一带一路”项目建设合作跨国圆桌会组委会秘书长邢军、活动组委会执行主任符建等嘉宾迎候，庆祝队伍胜利抵达罗马。大家如见到久别的亲人一般热烈拥抱，欢呼雀跃，拉开横幅合影留念，热烈的入城仪式拉开了整个意大利之行的序幕。

借用眼前意大利革命家加里波第雕塑基座上镌刻的“不得罗马，绝不生还”“我来了，而且我已站在这里”这两句名言来形容队员们此刻的心境，竟是如此恰如其分。

未完成的洗礼 · 大浴场与梵蒂冈圣殿

入城仪式过后，经过一番申请，我和老孙、小樊三位摄影师再次得到活动组的特殊关照，车队分派一辆车带我们在罗马古城采风，媒体组可以独自行动，晚上到佛罗伦萨与队伍会合。此时已经下午 3 点，在所剩无几的宝贵时间里，老孙决定先去光顾古罗马最大的浴场——卡拉卡拉大浴场。

古时候的罗马人非常爱洗澡，罗马浴场的遗迹亦遍布罗马许多角落。公元 4 世纪时，罗马城的公共浴场有 1000 多家，因此，有人称他们为“泡在澡堂子里的罗马人”。

与世界古今各类“洗浴中心”相比较，卡拉卡拉大浴场可谓登峰造极，前无古人，后无来者。它始建于公元 212 年，216 年竣工使用，总面积 412 × 383 米，规模相当于一座小城镇，不亚于一座体育场。眼前这座浴场遗迹的规模着实令我震惊，从坍塌的半扇穹顶可以估计其跨度非常之大，高度达 38 米，虽然只剩下残墙断壁，但是仍然可以从遗留下来的蛛丝马迹之中想象当时的宏伟奢华。古罗马人在建筑方面从来不马马虎虎而且不惜成本。帝国时期，罗马人把兴建公共浴场作为与兴建斗兽场、图书馆具有同样意义的大事。

当年，这座浴场的建筑主体用细小的条砖和大理石砌成，中间由天然火山灰混凝土浇筑。四面的拱形窗子宽大透亮，可确保阳光在白天的任何时候都能照射进来。如今屋顶只残存结实的拱壁和高大厚重的墙体，在 16~17 世纪，教皇及贵族们大肆建造教堂和府邸，那些大理石构件所用的石材大多是从古罗马建筑上拆卸下来的，斗兽场、卡拉卡拉等古迹皆成了采石场，这些古罗马建筑就这样逐渐被蚕食，大理石构件从此不知所踪，如今只剩一些散落的精美的罗马柱头保留在附近供游人瞻仰。

卡拉卡拉大浴场遗址 · **意大利罗马**

原来整个浴场的地面和墙壁都是用来自罗马帝国不同地区珍贵的彩色大理石铺嵌而成的，这些大理石的墙面上，都有精美的图案、色彩和绘画。在浴场每个转弯处也都曾立有雕像。高大的建筑共分两层，厚实的墙体采用圆拱结构，看上去便觉得坚固牢靠，建筑里面曾经被装饰得金碧辉煌。

贯穿罗马的十一道发达的输水线有的绵延十几公里，有的几十公里，将源源不断的清水灌入家庭或浴池，滋养、沐浴了罗马 100 万人，最终流向苔伯河。

卡拉卡拉浴场洗浴分冷、热水和蒸汽三种，各占一片区域，居中的是大健身房，有喷泉两座。可同时容纳 1600 人洗浴。古罗马人上浴场来，不仅是为了洗澡，他们还可以在这里商量买卖、和解讼事等等。卡拉卡拉浴场不仅是一组浴池，也是一个娱乐休闲场所，它还包括一个公共图书馆，浴场之外还有购物中心。

源源不断滚动的热水，从光亮夺目的银制出口倾泻而出，注入宽阔的浴池。浴场是罗马人社交生活的重要组成部分。到了帝政末期很长的一段时间，许多

意大利罗马·卡拉卡拉大浴场硕果仅存的装饰大理石柱头构件

澡堂容许男女共浴，男女混杂，引来了大群娼妓肆意勾搭，浴池充斥了猥亵的语言与欢笑，浴场因此堕落为淫荡之地，甚至连良家妇女也公然在陌生男人面前洗身而毫不羞怯，从而绯闻不断，不可避免地导致了浴场里的骄奢糜烂之风。之后的皇帝曾下令禁止男女共浴，从此男女两性再不能同时使用一间浴室了。公元 320 年，劳迪塞主教会议下令，禁止妇女去公共浴室。直至 4 世纪末，圣约翰・克里索斯托姆主教会议封杀了所有浴室。

令我匪夷所思的是，当时的澡堂既是有钱有闲阶层比富逗乐的安乐窝，普通公民也可往热澡堂去一饱“泡”福。不管是普通的罗马人还是皇帝，都可频频光顾，即便是卑贱的乞丐，只要付上一枚铜币，也可以尽享王侯将相那种令人艳羡的奢侈场面，对于古代罗马社会，在洗澡这件事上是否也体现了些平等精神呢?

然而，卡拉卡拉这样一个君民共乐的浴场的建造者却是一位臭名昭著的暴君，他是罗马皇帝塞维鲁的长子，本名叫安敦尼努，卡拉卡拉是他的绰号。公元 211 年，卡拉卡拉为争取民心颁布“皇帝敕令”：罗马帝国内所有人民都可获得罗马公民权。以此扩大罗马帝国内所有公民权的人数。不论元老院或解放奴隶及角斗士等皆可享受一般公民权。他不经政府通过预算，私自建造著名的“卡拉卡拉大浴场”供罗马市民享用。浴场直到公元 537 年哥德人入侵破坏水道，并逐渐被废弃为止，前后共使用了约 300 年。

卡拉卡拉不仅体现了古罗马时代的建筑精华，更反映了人类社会文明史上一段奇异的生活状态。

车子驶到圣彼得教堂广场的时候即将日落西山，大家约定 20 分钟后在下车处集合。

走进广场，金色的夕阳直射入我的双眼，那场景如梦似幻。圣彼得教堂两端伸出的大理石廊柱气势宏大，它的两只宽大的臂膀——284 根多利安式的圆柱回廊将广场上的人们热情环抱。廊柱上由贝尼尼雕刻的 140 位圣人正以各种姿态俯视着脚下芸芸众生。正中央矗立的是于公元 40 年从埃及运来的方尖碑，25.5 米高的方尖碑直插云天，在碎石镶嵌的地面上拖出了修长的影子。

购票时间虽然已过，远处仍可以看到圣彼得教堂入口处，人们还在排着长长的队伍等着进入高大雄伟的圣殿，渺小的身躯如同蚂蚁般向前蠕动。

之前，我对这座集意大利多位艺术巨匠智慧为一身的教堂多少有些了解，我所熟知的优雅的拉斐尔、巨匠米开朗基罗、巴洛克鼻祖贝尼尼都曾在文艺复

意大利罗马·金碧辉煌的圣彼得（梵蒂冈）大教堂

PAVLVS V BVRGHESIVS RO
HONOREM PRINCIPIS APOST

圣彼得大教堂前的朝圣者 · **意大利罗马**

兴时期参与圣彼得大教堂和广场的设计，作为一名摄影师或是艺术工作者，我曾经对这些艺术伟人以无上崇拜，对他们的艺术无比向往。今天我终于来了，虽然已没有时间进入圣殿，没能看到米开朗基罗的天顶壁画《创世纪》和雕塑《哀悼基督》，没看到贝尼尼的雕塑《阿波罗与达芙妮》，更看不到拉斐尔的油画《西斯廷圣母》，然而，当我有幸站在这座圣殿脚下环顾四周，遥想当年大师们在此出入的身影，也不免热血沸腾心跳加速，心灵的感动不亚于一次伊斯兰教信徒们的麦加朝圣。那种视觉上的震撼仍然超乎想象，我知道，那些世界公认的艺术瑰宝，正安详地住在这座教堂的某一地方，接受着来自世界各地访客的虔诚目光。当然，这些艺术瑰宝同样如指路明灯，永远地照亮着我的心灵。

夕阳透过云团为回廊上的圣贤们披上了金色的外衣，万丈霞光冲破云霄撒向圣彼得广场，贝尼尼设计的大理石喷泉中的泉水透过霞光似珍珠般从天而降，人流涌动的广场上气氛有如一首宏伟的交响乐，那声音穿越时空，洪亮又低沉、空旷而遥远，令人沉醉，使人迷茫。忽然，我被怒气冲冲赶来找我的老孙一声怒吼惊醒，顷刻间被踢回了现实——我全然忘记了集合的时间。

罗马，此生若有幸，我会再来！

车子疾驰在高速路上，当晚 9 点驶达夜光下的佛罗伦萨，大家一路无话。

佛罗伦萨 · 瞻仰永恒的大卫

佛罗伦萨，10 月 17 日。

昨晚，老孙用手机在网上提前预订了三张学院美术馆的门票。

1562 年成立的佛罗伦萨美术学院是欧洲乃至世界最古老的美术学院和世界最高美术学府，其教学的内容包含了素描、绘画和雕刻等，佛罗伦萨学院美术馆是其专属美术馆。美术馆规模并不算大，与其他的建筑肩并肩地坐落在佛罗伦萨的古老街巷之中，看上去与旁边石质建筑别无二致。

话虽如此，但它却因一件蜚声中外的馆藏珍品而享誉世界。这正是我们以期待的心情，满怀崇高敬意，庄严肃穆地来到此地的原因。

9 点一过，长长的队伍终于秩序井然地进入佛罗伦萨学院美术馆。

“意大利佛罗伦萨学院美术馆，魂牵梦萦，终见米开朗基罗大卫原作。绕树三匝，品读之，震撼不已。遥想当年，米氏英年二十有八，艰

《大卫》雕像原作·**意大利佛罗伦萨**

瞻仰米开朗基罗不朽的旷世杰作——《大卫》· **意大利佛罗伦萨**

意大利佛罗伦萨·圣母百花大教堂

意大利佛罗伦萨 · 圣母百花大教堂穹顶壁画

苦卓绝，艺至巅峰，风华正茂。斧鏨凿劈，铿锵四年，碎石崩塌，英雄大卫终于身姿勃发，挺身而出。观其神，目光炯炯，自若泰然。视其身，冰清玉肤，血脉起伏似愈贲张，肌肉关节随时迸发力量。赏其态，身形匀称，比例绝佳，傲然屹立，完美无瑕。退而远瞻，少年愈趋愈动，战无不胜，恍若有灵。”

这是我当时发出的微信图片配文，表达了我站在大卫雕像脚下时那种视觉上的震撼以及抑制不住的激动心情。

初识大卫是在 70 年代，我 18 岁时在北京朝阳区文化馆研习素描的时候。

崭新的 1 ： 1 大卫石膏头像令人看了十分震惊。写生课上，美术老师在大家落笔之前讲了有关米开朗基罗的故事。老师名叫任志俊，样子至今我还清晰地记得。他那时也正是 28 岁，矮个头，长头发，穿一件带领的蓝大褂，做起雕塑，挥起泥巴时旁若无人，讲起课来激情澎湃。他留着一撮横胡，激动的时候用手一撇一撇，煞是精彩。那是改革开放初期，刚刚敞开对西方艺术文化的大门，美术院校也恢复了经典石膏像的写生绘画课程。包括罗曼·罗兰的《米开朗基

罗传》在内的文学作品如暗潮涌动般在地下流传。禁锢的思想不能阻挡老师青春勃发的激情，当他讲到米开朗基罗每日雕琢大卫，捂着砸断的鼻梁，躬着弯曲的脊背，满脸灰尘地从脚手架上下来的时候，故事已经深深地打动了我们，课堂上鸦雀无声，只有铅笔落在纸上划出的唰唰声。我那幅荣获 5 分、绘制精准的大卫素描作业，至今还完好地保留着。同时，那个故事的感染力也顽固得如船底吸附的海贝一般，深藏在我记忆深处的某一角落。

当我仰视大卫这尊连基座共 5 米多高的雕刻原作时，这记忆突然遇到某种机缘，似火山迸发般喷薄而出，继而一股热泉在我眼眶四周打转。

时间过去了 512 年，大卫仍然英俊年轻。在其脚下，人们往来穿梭，川流不息，最后终成时间过客。然而，米开朗基罗的精神和他的雕像却在这个变幻莫测的世界里成为永恒。

今日的行程安排紧凑，高潮迭起，马不停蹄，可谓获益匪浅。

佛罗伦萨古城以佛罗伦萨圣母百花大教堂为中心，街道如同蛛网般纵横交织。这座古在城 15~16 世纪时是欧洲文艺复兴运动的发祥地，故而城内文化遗迹密布，几乎看不到任何现代建筑的影子。媒体组三人穿街走巷，来到了世界

维琪奥老桥横跨亚诺河上，通往乌菲兹美术馆和圣母百花大教堂 · **意大利佛罗伦萨**

圣母百花大教堂顶端·**意大利佛罗伦萨**

意大利佛罗伦萨·从大卫青铜雕塑广场俯瞰亚诺河

五大教堂中位居第四的佛罗伦萨大教堂。

大教堂周围有 9 条巷道汇聚在这里，但是，无论从哪条巷子看，都不能看到教堂完整的轮廓。它的建筑外表独树一帜，由白色、粉红、绿色的大理石按几何图案装饰而成，将古典与优雅体现得淋漓尽致，也使教堂平添一份神秘与妩媚之感。

这座哥特式建筑的圆顶是世界首座大圆顶，教堂设计建造于 1420 年~1434 年间。它突出的穹顶傲然挺立于古城之上，成为佛罗伦萨醒目的地标。穹顶的建设取得了三项突破：第一，打破了天主教会把集中式平面和穹顶看作异教庙宇的戒律，是工匠们突破教会的精神专制的标志；第二，对古罗马穹顶和拜占庭的大型穹顶加以大胆创新，使用了鼓座，把穹顶全部凸显出来，使之成为整个城市轮廓线的中心，这在当时是前无古人的，因此它成了文艺复兴时期创造精神的标志；第三，在结构上这座穹顶的幅度在当时是最大的，内径达 43 米。这取决于文艺复兴时期科学技术的普遍进步。当时的科学特别是机械学、铸造工艺、透视学和数学都已相当发达。教堂历经 580 年有余，历经雷击电闪、地震山摇，但它至今仍巍然屹立。穹顶成了文艺复兴早期建筑的代表作。

意大利佛罗伦萨·乌菲兹美术馆窗外可见佛罗伦萨最古老的维琪奥老桥

沿着教堂钟楼 290 级阶梯攀上楼顶，视野豁然开朗。钟楼与教堂的八瓣形穹顶遥相呼应。从四面俯瞰佛罗伦萨街巷，任思绪穿越时空，肆意驰骋。

可以想象，其中似有达·芬奇、米开朗基罗、但丁、薄伽丘、伽利略等一代历史巨人的身影在坊间游荡，今人可以此种方式聆听圣贤的教诲并与之神交。

当晚，趁晚霞还没落山，我们赶到米开朗基罗雕塑广场俯瞰这座城市的夜景。反射着金色光芒的亚诺河蜿蜒穿过古城，通往乌菲兹艺术宫的维琪奥老桥横跨河上，佛罗伦萨夜色之美与文艺复兴这一光辉理念交相辉映，在历史的星河中如此璀璨夺目。心中于是突发感慨：也许只有这样的城市才能养育出如此伟大的巨匠，也只有这样的伟大巨匠才能创造出这般美丽的佛罗伦萨。

若以现代著名诗人徐志摩首译的“翡冷翠”做其城市名称，远比“佛罗伦萨”来得诗意、多彩，也更符合古城的高贵气质吧！

中意设计交流中心·小型图片展

意大利佛罗伦萨中意设计交流中心是一座散发着古典气息的别墅式建筑，坐落在佛罗伦萨一处绿树成荫的山坡上。它为中意两国的文化和艺术交流提供了绝佳的场所，是连接两国艺术家和经贸人员在意大利的纽带。在通往会议厅的大堂内，万里行组织团队在此精心布置了一个小型图片展示，介绍了此次活动从缘起到实施的整个过程。我和摄影师孙晓岭、樊战文也在这里展示了此次活动中精选出的若干照片，我们各自以不同主题与视角反映此次活动所包含的文化内涵和意义。

我的摄影主题是《贯穿东西的地平线》，以沿途一组苍凉广袤的画面隐喻历史上东西方曾经的贸易往来和文化沟通。从画面中可以感到一种荒凉——当年人们在行进商贸路途上的艰辛与孤独；也可以感到东西方存在的巨大空间和同处在一个地球表面——地平线上内在的联系。

同样是表达沟通，老孙的主题《飘叔的丝路漫记》采用的是中国人喜爱的喜庆之物——飘扬的红绸丝带。寓意积极向上，内中暗含姻缘与纽带。作品以飘扬的红绸带为背景，融入各地不同景观，红绸带好似张开的臂膀，正热情地迎向世界，借以表达开放的中国与世界的机遇。

樊战文的表达手法更具行为艺术特色，他的组照《Hello My Friend》以握手为媒介，沿途以鱼眼镜头即时拍摄他沿途所遇到的各类人物：无论官员百姓、无论国家种族、男女老少，用一声问候、一张笑脸传达人类最为珍爱的友谊，传达人类本能的善意。

展览主题突出，配合中意文化经贸产业交流会，收到了良好的宣传效果，也得到中意与会者的积极反响。

乌菲齐美术馆 · 终见先师原作

佛罗伦萨，10 月 18 日。

乌菲齐美术馆坐落在佛罗伦萨市政广场和亚诺河之间，紧靠市政厅广场的尖塔。主体为两层的“U”型灰色建筑，看上去非常朴素，其实，这座建筑暗含着一种内在的奢华。虽然看不到建筑的整体外形，那座高耸的尖塔却可以明确地表明所在位置，那效果有如小学生课堂上举起的手臂，争着要回答提问。

乌菲齐宫曾做过政务厅，是显赫一时的美第奇家族办公的地方，政务厅的意大利文为“uffizi”，因此沿袭其名为乌菲齐美术馆。

乌菲齐美术馆是世界上藏品水平最高的艺术博物馆，共有 46 个画廊，收藏着约 10 万件名画、雕塑等。这里主要展出了文艺复兴时期美第奇家族的珍贵藏品，是热爱绘画的艺术家们的圣殿。即便对美术不感兴趣的人，面对眼前的盛世杰作，也会被那段光彩夺目的历史和享誉世界的作品深深打动。展馆面积虽然不大，但时间紧迫，要想把里面的展品完整地看一遍恐怕很难。乌菲齐美术馆的展厅和作品大致以时间为顺序，从中可以厘清西方绘画技法的演进发展过程，同一画家、同一主题、同一风格的作品会安置在同一展厅里展出。我们虽然努力按照顺序浏览，但展厅里人流不息，最终还是瞻前顾后，顾此失彼，急匆匆如走马观花。

著名的《拉奥孔》大理石人物雕像被置于美术馆二层的长廊尽头，它高约 184 厘米，因其所处的位置以及作品本身激烈的动态，轻易地便抓住了我的视线。

《拉奥孔》由希腊罗德岛的阿格桑德罗斯和他的儿子们于公元前 50 年左右完成。在神秘地失踪了 1000 多年之后，正值文艺复兴的鼎盛时期的公元 1506 年，意大利人佛列底斯在罗马提图斯皇宫遗址的废墟上挖葡萄园时，发掘出这座雕像，从此，古希腊雕像《拉奥孔》在罗马重见天日。

雕塑的主题取自希腊神话传说。由于祭司拉奥孔的预言点破了希腊人将用木马袭击特洛伊的阴谋，并警告特洛伊人不要将木马引入城中，这违背了保护神雅典娜想要毁灭特洛伊城的意志，于是拉奥孔父子三人惨遭雅典娜驱使的海蛇撕咬致死。

这座群雕是三个因苦痛而挣扎在一起的身体，拉奥孔身上所有的肌肉紧张到痉挛的地步，表达出在反抗状态下的力量和极度的痛楚，让人感觉这痛楚已经刺到拉奥孔全身的神经与血管，行将垂死的惨烈的气氛弥漫着整个作品，绝望的神情令我悚然地体验到这父子三人被海蛇撕咬时的恐惧与痛苦。

《拉奥孔》是表现人类痛苦情感和抗争意志的一曲千古绝唱，就连米开朗基罗看到这尊希腊雕塑也为之感叹："真是不可思议！"他赞誉《拉奥孔》是最完美的雕塑。歌德也认为《拉奥孔》以高度的悲剧性激发了人们的想象力，在造型语言上是"匀称与变化、静止与动态、对比与层次的典范"。

此后，在西方的美学和艺术史上，包括德国18世纪启蒙运动的代表莱辛在内，与《拉奥孔》有关的艺术论著和研究层出不穷。

后来得知，乌菲齐美术馆的这尊《拉奥孔》也是十分古老的复制品，它根据想象恢复了出土时缺失的手臂。希腊原作现藏于梵蒂冈，但这丝毫不能影响我对眼前这件作品的敬仰之情。

波提切利大名鼎鼎的巨作《春》与《维纳斯的诞生》独自占据了一个展厅。一群正处在花样年华的中学生在画作前正在听老师眉飞色舞地讲解：

波提切利在这幅画里还原了罗马诗人提奥斯诗中描写的春天到来的情景。画面右上方是西风神塞布罗丝企图抓住水仙克洛莉丝，克洛莉丝呼出的气息变成鲜花撒落；克洛莉丝变身为花神弗洛拉，让鲜花开遍了大地。画面正中是若有所思的爱与美的女神维纳斯，她象征着将情欲上升转变为知性的爱神。在维纳斯上方飞翔着小小的爱神丘比特，蒙住双眼的他，正准备射出爱之箭。维纳斯的前方是迷人的古典象征——三美神。

这位三美神中画面最右边是代表"华美"的阿格莱亚；正中是代表"贞淑"的叶浦罗西妮，她背对观众正翩然起舞；左边是代表"欢悦"的黛蕾亚，随着其他两人的舞步扭动腰肢。她们身着薄如蝉翼的纱裙，体态婀娜。画面的左侧，是宙斯的使者墨丘利，他用神杖拨开云彩，宣告着百花齐放，万木争春，决定性的精神的升华和纯洁即将到来……

《维纳斯的诞生》这幅油画是《春》的姊妹篇，也是波提切利的另一幅杰出代表作。画作取材于古希腊神话，是根据波利第安的诗篇所作。古希腊神话中，维纳斯是从海中出生的，而且一出生就是一个绝色少女，

意大利佛罗伦萨·乌菲兹美术馆藏古希腊雕塑《拉奥孔》

LIVORNO
ENTINVS·SANCTI·IACOBI·EQVES·FACIEBAT·

波提切利的这幅油画便表现了这一传说。画中初生的维纳斯站在一个宛如花朵般盛开的贝壳上，风神吹起徐徐微风将她吹送过来，与风神拥抱在一起的花神则让鲜花和香草在她的身边飞舞，岸边的春之女神迫不及待地举起缀满鲜花的华服迎接她。在大海粼粼波光的映衬下，亭亭玉立的维纳斯颀长的身体散发着珍珠般的光芒，满头金发垂弋而下，面容如初生婴儿一般恬静，清澈的眼睛里流露出一丝惆怅、一丝迷茫。这细致而独到的脸部刻画，使维纳斯散发出一种飘逸绝俗的灵秀之气，充分表现出这位爱与美的女神至上无瑕之美……

年轻学生们注目画作，凝神遐想，脸上焕发着宛若画中女神般的光彩。

作为以线条见长的佛罗伦萨画派的杰出代表，波提切利的艺术成就体现在风格之秀逸，色彩之明丽，线条之轻盈，以及意境之恬淡。他笔下的人物灵动缥缈，具有一种非实体的韵味，再配上细腻典雅而又清凉透明的色调，他的画更显得清丽婉约，确实如绘画史上的一座丰碑，至今放射着迷人的光辉。

接下来，乔托、达·芬奇、丢勒、米开朗基罗、拉斐尔、提香、卡拉瓦乔……这些振聋发聩的名字及作品纷纷亮相，令我应接不暇。我一如海绵般最大限度地吸收着扑面而来并且可将永久滋养我的养分。

我当时记录下了这份感叹："眼前这座世界闻名的意大利佛罗伦萨乌菲兹美术馆，将我的视觉经验从以往所见的印刷品和石膏复制品忽然转到源本上来，其差距和感染力难以言表。这里收藏了古代希腊、罗马及文艺复兴时期几乎所有大师的绘画雕塑作品：米开朗基罗、达·芬奇、提香、波提切利、拉斐尔，他们和这座古城有着千丝万缕的联系。游荡在这古老的街巷之间，偶尔会传来悠扬悦耳的教堂钟声，这钟声似乎能将那些大师们从遥远的梦中唤醒，在这里，你闭目聆听，脑海里也许能幻化出大师们的背影。"

对我来说，这次遇见佛罗伦萨，犹如一次饕餮宴席，又如一次辉煌盛典，更仿佛一次融化在艺术精华中的艺海之泳。

2015 年 10 月 19 日 · 挺进米兰世博会

这是"一带一路"万里行团队极其重要的一天。2015 年 10 月 19 日，碧蓝的天空万里无云，车队抵达最终目的地——米兰世博会。

意大利2015年米兰世界博览会于2015年5月1日至10月31日期间，在意大利米兰市举行。这届世博会的主题是“给养地球：生命的能源”，这也是世博会史上首次以食物为主题，将展出来自不同国家的美食，并谋求2050年为全球多达90亿的人口解决食物需要。米兰为世博会规划了占地200公顷的世博城。中国馆面积为4590平方米。除中国主场馆外，中方还积极协调组织两个企业馆作为中国馆有机组成部分参展，包括以“中国种子”为主题的中国企业联合馆和以“食堂”为主题的万科馆。

我们去的那天，场馆内已经摩肩接踵，人山人海。展区面积巨大，从主干道一端，放眼望不见尽头，若不是事先做好导航定位，险些找不到回返的位置。

中国馆高耸的胶合木结构屋架，远看宛如一艘木制的明代巨轮。场馆陈展设计由四部分组成，主题分别为：天、人、地、和。“天”主题展区以二十四节气汇集了中国人对于自然的尊重以及顺应自然求发展的智慧；“人”主题展区围绕农业文明、民以食为天、面向未来的智慧三大板块进行展示；“地”主题展区展示华夏大地山川河流地貌的多样性；“和”主题影像厅则描述了中国

乌菲兹美术馆收藏波提切利的油画《维纳斯的诞生》· **意大利佛罗伦萨**

人在发展农业、获取粮食和食品的同时，寻找与自然和谐平衡、推动可持续发展的思索。

在当天举行的中国馆主题日活动上，意大利文化优先协会主席、意大利前副总理弗朗西斯科·鲁泰利和中国贸促会副会长、2015 年米兰世博会中国馆政府总代表王锦珍出席并致辞。

鲁泰利在发言时表示，中国提出的“一带一路”倡议为相关国家间的文化对话、经济稳定和增长提供巨大机遇。在他看来，意大利作为古丝绸之路上的重要国家，今天仍然可以在新的合作框架下和中国展开多领域的交流合作，包

意大利佛罗伦萨·米开朗基罗的油画《圣家族》

乌菲齐藏《赫拉克里斯》·**意大利佛罗伦萨**

括基础设施、设计、旅游和体育等方面。

王锦珍在致辞时评价说，此次万里行活动践行了“一带一路”倡议所包含的理念，展示了中国改革开放的丰硕成果，体现了中国人的精神面貌和优良的装备技术水平，同时也为密切中意友好关系、加强经贸合作注入新动力。会长同时指出，2014 年 6 月，中意两国政府制订了《关于加强经济合作的三年行动计划》，希望以 2015 年米兰世博会为契机，开拓节能环保、可持续城镇化、现代农业等领域合作，以及开展形式多样的文化交流活动。无论是“一带一路”万里行活动中采用的中国制造、意大利设计的东南汽车，还是在米兰世博会上大放异彩的中国设计、中意团体共建的中国馆，都是中国和意大利加强经济合作的成果体现。中国馆的展览展示将进一步促进两国人民之间的了解，并增进中意互利合作。

此次活动由德丰利达集团等主办。据德丰利达集团董事长兼总裁、“一带一路”万里行组委会主任李纪丰介绍，由 8 辆东南汽车 DX7 组成的万里行车队穿越中国河南、陕西、甘肃、新疆等省市，途经哈萨克斯坦、格鲁吉亚、俄罗斯、土耳其、希腊等国，沿途中方不仅与哈萨克斯坦文化体育部签署战略合作备忘录，还在佛罗伦萨举行了中意文化经贸产业交流会，推动两国相关产业合作升级。

当天，活动代言人、著名小提琴艺术家盛中国还在中国馆内举办了“盛世中国梦”小提琴独奏音乐会。用音乐的语言让“中国梦”与“世界梦”紧密相连，表达与欧业人民共望、共享丝绸复兴的美好愿望。著名诗人、画家老庄也在现场挥毫泼墨创作助兴。

“一带一路”万里行活动，8 月 8 日从上海世博园出发，历经 70 多天，行程 1.6 万多公里，19 日走进米兰世博会中国国家馆，为这一丝路沿线大型系列经贸文化交流推广活动画上圆满的句号。

米兰大教堂 · 一次精神的洗礼

2015 年 10 月 20 日，米兰，充实的一天。

虽然经历了梵蒂冈圣彼得大教堂的宏伟震撼、佛罗伦萨百花大教堂的艺术与科学的叹服，然而面对米兰大教堂这座独特精致、富有神圣感召力的哥特式建筑，仍然不能不刮目相看。

米兰大教堂又称多摩大教堂，规模仅次于圣彼得教堂，位居世界第二。在这里，罗马帝国皇帝君士坦丁一世在 313 年颁发的一个宽容基督教的敕令，宣布罗马帝国境内有信仰基督教的自由，从此使基督教合法化，成为罗马帝国国教；在这里，拿破仑于 1805 年宣布自己兼任意大利国王并在这里加冕；在这里，达・芬奇为这座建筑发明了升降梯……

这座教堂始建于 1386 年，断断续续，来自意大利以及欧洲各地的艺术家在这里倾注了心血和智慧，直至 1965 年"米兰大教堂历史门"完成，才标志着大教堂跨越了 500 多年的建筑工程最终结束。一直以来，教堂的修护本着以旧换新的原则，被替换下来装饰构件作为文物被安置在教堂旁边的一处专门的博物馆里。

教堂的突出特点在于它的外形装饰繁复无比，由外部的尖拱、壁柱、雕塑、花窗棂组合出 135 个尖塔，像浓密的塔林刺向天空，并且在每个塔尖上立有神

意大利 2015 年米兰世博会中国馆・**意大利米兰**

米兰大教堂边上的品牌服饰店橱窗 · **意大利米兰**

意大利米兰·午后的米兰大教堂内彩窗投射出灿烂的光辉

的雕像。据统计，加上教堂的外部的2000多个雕像，总共有6000多座，这里是世界上雕像最多的哥特式教堂，它们参差错落，蔚为壮观，被誉为大理石山。可以想象，统计这些雕像的数目一定是个不小的难题。整体看去，大理石的教堂建筑显得层次格外丰富、华丽非凡，有着一眼不能看透的丰满之感。这个教堂有一个高达107米的尖塔，塔顶上站着的是圣母玛利亚金色雕像，在蓝天的衬托下显得熠熠生辉，神奇而又壮丽。

最不能错过的地方是教堂的顶部，教堂有6座石梯通向屋顶，沿920层阶梯拾级而上，屋顶上33座纵横交错的斜坡石拱桥架——扶拱垛，它支撑着教堂墙壁，连接上下层各个部分，这也是哥特式建筑的特征之一。其上的雕刻也是雕梁画栋，精美繁复。登上堂顶拱起的顶面，可以鸟瞰夕阳西下的全市景象，并可以看到远处绵延到马特峰的阿尔卑斯山脉风光。

我驻足于此，沉浸于教堂巧夺天工的雕塑，瞻仰那些似有圣光笼罩的神像时，激动之余又忍不住抒发观感：

米兰大教堂又名多摩大教堂，以繁复的墙外装饰雕塑著名· **意大利米兰**

“意大利米兰教堂列居世界圣堂五雄，从吾明朝洪武起始。与当时之建筑相较，其规模之宏大，气度之伟岸，细节之华美，传载西方基督教义之精神，名副其实。远观似丛林利笋穿云，近看有诸神树立尖峰。哥特与巴洛克兼收并蓄，雕琢装饰玲珑剔透竭尽其繁。入内仰瞻，若梦中寥廓，彩窗投射斑斓，管风琴声空泛。身处其中，时光漠然，音影婆娑，似有圣灵在上，引领升攀，心胸豁朗，神智顿开，如入伊甸乐园，似与天使贤人共舞，无不使人流连忘返，竟然感动得腌臢俗子有皈依天主之意。”

教堂耳堂中耸立着一尊令人悚然的圣巴塞洛缪的大理石雕塑，但见殉道者巴塞洛缪皮肤全无，只剩肌骨，他是被活活剥皮而殉教的。该雕塑正是描绘了圣人强忍痛楚，手拿折叠好的自己的人皮的情景。

此时，教堂的管风琴奏起，乐声弥漫了空旷的穹顶，余音绕梁。两边修长的窗上镶嵌着宗教题材的彩色玻璃，光线幽暗而神秘，投射出的光斑正好爬上大理石柱头，那斑斓至今还感染着我，使我对这门宗教产生了某种特殊的感觉。

日落黄昏，如血的残阳给天顶蒙上一层浪漫的绯红，众神巍然矗立在塔尖，目视远方，远处城市灯火微明，天地之间一派辉煌，美得一时竟难以用语言形容。米兰大教堂不仅仅是一个教堂、一栋建筑，它更是基督教精神的象征，也是世界建筑史和世界文明史上的奇迹。

威尼斯 · 重返马可 · 波罗的故乡

“一带一路”万里行最后的行程进入了精华阶段——水城威尼斯。

胜利走完米兰世博会，10 月 21 日，行程即将接近尾声。活动组为队员安排了去米兰市郊的奥特莱斯购物的机会，年轻的队员特别是女孩儿们高兴得摩拳擦掌，跃跃欲试，而我和老孙俩人毅然选择提前赶往威尼斯。

老孙英语流畅，旅行经验丰富，在仔细核对交通线路之后，二人乘坐公交大巴，前往米兰郊外的火车站，登上了去威尼斯的列车。

列车上乘客不多不少，且人人有座，对面的年轻人正安静地读着书，看上去全没我俩这样的心情浮动，车内乘客显然并非都是旅游者。列车大概停经了两站，两小时后忽然进入一片翠绿色的汪洋，继而穿过 4 公里长的跨海大坝，

米兰大教堂内·**意大利米兰**

在米兰大教堂顶端仰视 · **意大利米兰**

意大利米兰·教堂彩窗与圣巴塞洛缪雕像交相呼应

意大利米兰·米兰大教堂及脚下的品牌店商业区

如水蛇般在水巷穿梭的贡多拉·**意大利威尼斯**

意大利佛罗伦萨·贡多拉的每处细节都充满了华丽的艺术气息

缓缓驶入列车终点站——威尼斯岛。

听说，拿破仑初次光临此地时曾经脱下帽子，深深地弯下腰来，向威尼斯鞠躬致敬。这一刻，我期待得太久了。

走出车站，映入眼帘的景象让我仿佛进入或者说上升到了另一个奇异的时空，这个时空假如是被上帝剖开的几层，那么这个时空正处于这个世界的顶端，辉煌而透明，离天堂应该很近很近。是梦境还是现实我已分不太清，这个深入脑海的印象我恐怕永远不会忘记，这个时刻到底是怎样一番景象呢？

这是一个光芒四射，清风和煦，十月下旬的正午，火车站终点站戛然停止于威尼斯大运河北侧。车站外，蓝天上飘着几绺絮状的云朵，灿烂的日光直逼眼帘，翡翠色的运河折射着细碎的波光，微风中挟带着一股清爽的气息。运河对面是铜绿色穹顶的圣西梅恩匹卡罗教堂，河边码头木桩停靠着各色各样的船只。繁华的运河上驳船穿梭往来，游艇欢腾喧闹，“贡多拉”上的英俊小伙斜着草帽悠悠荡荡，恰似闲庭信步。一切仿佛展开的盛大布景在欢迎着我们到来，一场热情欢快的喜剧终于拉开帷幕。

关于威尼斯独特的小船“贡多拉”，马克·吐温曾经有一篇小文《威尼斯小艇》是这样说的：

威尼斯是世界闻名的水上城市，河道纵横交叉，小艇成了主要的交通工具，等于大街上的汽车。

威尼斯的小艇有二三十英尺长，又窄又深，有点像独木舟。船头和船艄向上翘起，像挂在天边的新月，行动轻快灵活，仿佛田沟里的水蛇。

我们坐在船舱里，皮垫子软软的像沙发一般。小艇穿过一座座形式不同的石桥。我们打开窗帘，望望耸立在两岸的古建筑，跟来往的船只打招呼，有说不完的情趣。

船夫的驾驶技术特别好。行船的速度极快，来往船只很多，他操纵自如，毫不手忙脚乱。不管怎么拥挤，他总能左拐右拐地挤过去。遇到极窄的地方，他总能平稳地穿过，而且速度非常快，还能做急转弯。两边的建筑飞一般地往后倒退，我们的眼睛忙极了，不知看哪一处好……

马克·吐温，这个初来乍到的外乡人，已经把“贡多拉”描写得神形兼备，跟随马克·吐温真切的描述，从来没去过威尼斯的人也可从中感知一二。文中小艇“仿佛田沟里的水蛇”这个比喻实在传神至极，不过“我们打开窗帘，望望耸立在两岸的古建筑”这句中的“窗帘”，在今天的“贡多拉”身上再也找不到踪影了，毕竟，那是上上个世纪的故事了。

不管怎么说，读了这篇课文的孩子脑海里若有了“假如我也去威尼斯”这个念头，长大后或因某一个契机，忽然义无反顾地直奔并迷上威尼斯也未可知。这不仅仅是文学的魅力，更该是遥远而浪漫的威尼斯的魅力吧！

这城市应水而生，水是道路，扁舟为车。威尼斯有一条长4公里，宽30米～60米的主运河贯穿水城，与177条支流相通，2300多条水巷，连接着118个房屋密布的小岛，这些建在水中的房屋开门见水，出门上船。它们有些是府邸，有些是教堂，有些是宫殿，更多的还是市民窗前摆放着鲜花的老宅。

阡街陌巷绕碧水，
家家尽在榭台中，
闭门不见千舟渡，
却闻邻窗比萨香。

意大利威尼斯·圣马可教堂夕照

游览时我作了打油诗一首，以此表达我对水城的亲切感受。

白天，威尼斯的水总是不能平静，飘飘荡荡，起起伏伏，可是一到夜晚，那些水道一下子变成黑暗中安详的镜子，反射着市民敞开的窗子投出的光亮，也反射出河上小桥的倒影。

说起桥，威尼斯到目前为止有 401 座，这些大大小小的桥造型千姿百态，风格各异。它们有的是石桥，有的是木桥，有的庄重，有的精巧。其中最著名的是利亚德桥，它占据着威尼斯“S”形大运河几乎正中的位置，在地理上也是威尼斯的中心点，建于 13 世纪，原本为一座木桥，之后改为大理石廊桥。这座桥桥长 48 米，宽 22 米，高出水面 7 米，主体为单孔拱桥，桥两头用 12000 根插入水中的木桩为基础。拱桥最高处是一个造型优美的亭阁，两边坡下接着桥廊，桥廊两侧分别有 13 个廊拱，可以说大桥本身就如同一件精致的艺术品。

也许是这座桥曾使大文豪莎士比亚迸发出灵感，利亚德桥出现在了他的文学名著《威尼斯商人》中，书中讲述的就是发生在这里的故事。

不巧的是，我看到的这座桥正在维修当中，这条通往圣马可广场的必经之路内部仍然可以穿行，但是外侧却被绘有同样大桥图像的苫布包得严严实实。

下利亚德桥向南，顺着蜿蜒曲折的小巷，跨过几座小桥便来到威尼斯主岛南岸，进入拿破仑来到威尼斯时曾经赞叹的“欧洲最美的客厅”和“世界上最美的广场”——圣马可广场。

据说威尼斯有大大小小的广场 j 两百来座。进入这座圣马可广场一眼望去，面积相当于两个足球场那么大。身为威尼斯的政治、宗教和节庆中心，圣马可广场以圣马可大教堂和四角形钟楼为主，广场四周汇集了公爵府、行政官邸大楼以及圣马可图书馆等建筑，建筑从中世纪到文艺复兴时代，各具特色又相互协调，威尼斯的建筑精华荟萃于此。这些建筑里收藏的艺术巨匠的绘画艺术珍品不计其数，“威尼斯画派”也曾经在文艺复兴鼎盛时期的画坛上，发出最后的灿烂光辉。

威尼斯——“西方的周庄”，请先允许我如此厚颜无耻。这样说，其实我想告诉你的无非是：两者除了方圆面积、河网纵横有些相似之外，其他一概不可相提并论。威尼斯所留下的艺术财富之丰厚，生活方式之浪漫，迷离耀眼的水色天光，访客众多却井然有序的节奏，甚至空气中弥漫的芬芳气息，是任何地方都无可比拟的。

这座“举世罕见的奇城”之魅力，致使世界出现很多借助“威尼斯”之名提高身价的城市，比如什么“东方的威尼斯——某某”，这样叫虽然不至于招致威尼斯人的反对，不过要把城市相互换个位置，像我这样把威尼斯叫作“西方的某某”，恐怕所有地球人都不会答应吧？

再向南走已经临近海岸码头，广场临海处有两个高高的柱子，一个是代表威尼斯的“飞狮”，另一个是威尼斯的守护神圣狄奥多，它们面向亚德里亚海湾，望着海峡过往的船只和对面的圣乔琪奥·麦乔累教堂。

尾声

在绯色的暮霭之下，站在圣马可广场的钟楼上极目远望，在这里我忽而想起，当年马可·波罗 17 岁时跟随父亲和叔父，或许就是从眼下某个码头登上挂满风帆的海船，启航他的“丝绸之路”东方之旅的吧？这位生于意大利威尼斯在中国游历了 17 年的旅行家可曾想到，740 年后，一群来自中国的旅行者沿着当年的“丝绸之路”，本着新时代“一带一路”精神前来回访他呢！

站在这里我也自然地回想起，从霍尔果斯一路风尘仆仆驾车来到威尼斯的漫漫旅程。所经历的风土人情、湖光山色、人文历史，无不渗透着大自然造化的魅力、人类智慧与创造精神的伟大以及历史车轮滚滚向前的印迹，一切的一切，无不令人向往、叫人惊叹、使人思索。

此次“一带一路”万里行活动，不论是对马可·波罗故乡的瞻仰回访，还是践行国家“一带一路”倡议的行动，我们终于将幻想变成了现实，最终到达目的地，也终于达到“一带一路”万里行促使“丝绸之路”这一惠及人类的精神文化遗产重新发扬光大的目的。

740 年前，一位生于意大利威尼斯的旅行家马可·波罗沿古代丝绸之路历时四年来到元大都。740 年后，中国 22 位勇士驾车重走丝路，行程 16000 公里，重返马可·波罗的故乡威尼斯。忽然间，头顶上的钟声响起，震耳欲聋，那声音似乎要冲破暮霭，护送着芸芸众生通往美丽的天堂。

威尼斯水巷神秘寂静的夜色 · **意大利威尼斯**

意大利威尼斯·风格独具的威尼斯面具

€30
€19,99
MADE IN
VENICE
VENEZIA
ORIGINAL
MADE IN ITALY
VENICE
CERTIFICATO
DI GARANZIA

清晨的威尼斯巷子 · **意大利威尼斯**

傍晚从圣马可广场的钟楼俯瞰威尼斯一侧 · **意大利威尼斯**

挪威
芬兰
爱沙尼亚
拉脱维亚
立陶宛
丹麦
英国
爱尔兰
荷兰
柏林
波兰
白俄罗斯
俄罗斯
Russia
比利时
德国
捷克共和国
斯洛伐克
乌克兰
奥地利
匈牙利
摩尔多瓦
法国
罗马尼亚
米兰
威尼斯
克罗地亚
佛罗伦萨
塞尔维亚
罗马
巴里
意大利
Italy
卡瓦拉
卡兰巴卡
雅典
帕特雷
希腊
Greece
黑海
伊斯坦布尔
安卡拉
卡帕多西亚
奥尔杜
巴统
格鲁吉亚
Georgia
第比利斯
土耳其
Turkey
阿塞拜疆
拉乌尔
阿斯特拉罕
阿蒂拉乌
（阿特劳）
皮亚季戈尔斯克（五山城）
里海
葡萄牙
西班牙
地中海
突尼斯
摩洛哥
叙利亚
黎巴嫩
以色列
约旦
伊拉克
伊朗
阿尔及利亚
利比亚
埃及
波斯湾
西撒哈拉
沙特阿拉伯
毛里塔尼亚
红海
马里
尼日尔
苏丹
厄立特里亚
也门
塞内加尔
冈比亚
几内亚比索
布基纳法索
查德
亚丁湾
几内亚
贝宁
尼日利亚
塞拉利昂
多哥
加纳
利比里亚
阿克拉
喀麦隆
中非共和国
南苏丹
埃塞俄比亚
N
S
W
E

车队穿越六国线路图

从霍尔果斯出发，驱车历时 139 天，行程逾 16000 公里，跨越地球周长里程约 1 / 4，历经哈萨克斯坦、俄罗斯、格鲁吉亚、土耳其、希腊、意大利共 6 个丝路国家，停经 20 多个城市，沿途亲历了不同民族、不同宗教信仰、不同人文地理特色、不同历史文化，最终到达马可 · 波罗的故乡——威尼斯。

"一带一路"万里行车队 22 位驾乘队员如下：

队长：曾凡人（52 岁，来自湖北，好莱坞汽车表演队特技演员、被誉为"亚洲车神"）
队长：龚　正（36 岁，来自北京，车队向导，安全保障，地震灾难救援专家）
队长：袁爱军（45 岁，来自北京中广德丰，车手）
队员：周怡然（25 岁，来自北京德丰利达，女，特技车手）
　　　刘俊梅（30 岁，来自北京中广德丰，女，后勤主管）
　　　王思维（35 岁，来自北京中广德丰，女，财务主管）
　　　郭　娜（36 岁，来自北京中广德丰，女，后勤保障）
　　　王　伟（33 岁，来自浙江西风站自驾俱乐部主管，车手）
　　　王帅毅（31 岁，来自浙江西风站自驾俱乐部车手）
　　　王寒杰（34 岁，来自浙江西风站自驾俱乐部车手）
　　　毛英杰（34 岁，来自浙江西风站自驾俱乐部车手）

车队人员名单

翁周强（52 岁，来自浙江西风站自驾俱乐部车手）
郭金梅（50 岁，来自浙江西风站自驾俱乐部车手，女）
吴　爽（29 岁，来自福建东南汽车，技术保障，车手）
段燕君（27 岁，来自福建东南汽车，技术保障，车手）
廖世伟（40 岁，来自福建电视台，摄像记者）
黄诗升（34 岁，来自福建电视台，摄像记者）
孙晓岭（51 岁，来自北京，《新旅行》杂志特约摄影记者）
樊战文（35 岁，来自北京，《摄影之友》杂志副主编，摄影记者）
吕文静（31 岁，来自北京，国旅自驾游部经理）
闫　芳（29 岁，来自北京，国旅自驾游部经理）
邱衍庆（52 岁，来自北京，时任《中国科学探险》杂志，
　　现任《西藏人文地理》杂志视觉总监，摄影记者）

后记

这本图文并茂的书的出版既非必然，也非偶然。

2015 年 10 月下旬，从“一带一路”万里行采访回来不久，我便获悉一个沉重的消息：我从事十二年并参与创刊的人文地理类杂志《中国科学探险》由于某种原因暂时停刊。不要说我此次采访带回的详尽的文字笔记以及近万张摄影图像面临蛛网尘封的结局，就连自己何去何从也前途未卜，一时间心情跌落到冰点。有道是命运喜欢捉弄人，一个偶然的机会使我在行将搬出的办公室里见到了来访的北京华文书局的编辑张科女士，她是来隔壁办公室找我社的同事《LADY》杂志主编石晓芳的。其间，我们三人谈及我穿越六国走“一带一路”万里行的事，站在我电脑屏幕旁边的她，只是顺便看了看我翻来点去的十来张照片，便对我说道：“出本书吧……”

于我来说，虽然采访过二十多个国家，照片难以计数，为杂志撰写七八千字的摄影纪实报道尚可应对，写书这事却想都不曾想过，初次谋面的张科如此一番鼓励并坚定大胆地邀约，我隐约动了念头，毕竟一本像样的书怎么也得十几万字。看着眼前这些没着落的照片，我还是把心一横便应了下来。

与其怨天尤人，不如潜心笃志，待业的状态正好满足我专心写作的条件。就这样，每日一坐四五个小时，挤三四千字，度过了最艰难的起步阶段。随着字数渐多，我写作的信心也与日俱增，更加巩固。回忆起那一个多月五光十色的旅程，人情世故，见诸笔端，犹如回放一部电影，写作之时，虽有些如常的辛苦，但总体上还是以精神沉浸其间为乐，否则这十万字怎能就这么慢慢挤出来呢?

这本书到底能给读者带来什么我无从知晓，我只是真实甚至无间断地还原了那段就我个人来说并非惊心动魄的日日夜夜，再现了我所能发现和看到的事物和场景，顺势引出所到之处那么一点点人文历史的背景知识罢了。

此次摄影图片有很多记录了车队里的故事，由于文字中已有详细描述，所以选择的图片还是以所到之处的场景为主，若能给读者带来轻松美好的印象，哪怕只是产生“有朝一日我也开车去看看”的念头，那便再好不过了。

感谢符建先生为本书作序，感谢此次“一带一路”万里行活动组的邀请以及活动中的队友们，感谢给我写作予以帮助、支持、鼓励的家人和朋友们。最后感谢“环球漫游”旅游通讯服务商为此次出行提供便携的移动“WIFI”设备，使我们得以无国界地与各地联络和导航。

2017 年 3 月

Indexes

CONTENTS

4 · Georgia

5 · Turkey

6 · Greece

7 · Italy